君がいなきゃ涙さえ出ない

Fuyuko Sano
沙野風結子

CHARADE BUNKO

Illustration

小山田あみ

CONTENTS

プロローグ

朱塗りの、こぢんまりとした鳥居の下で、その男は手を合わせていた。

医学部の校舎へと急いでいた門宮志磨《かどみやしま》は、知らず足を緩めた。

――鮮やかだな。

春の明るい陽射しを受ける稲荷大明神の鳥居も、七分袖のカーディガン越しにもわかる伸びやかな骨格をした男の後ろ姿も、その対称性が神秘的ですらあり、日常から浮き上がっている。

これまでキャンパス敷地内にあるこの鳥居に特に目を留めたことはなかった。いや、むしろ胡乱《うろん》なものから目を背けるように意識から外していたのだ。神頼みがどれだけ無駄なことか、痛いほど知っている。

それでもこうして目を引きつけられているのは、男のせいだろう。

やわらかな色合いの髪がそよりと風に吹かれるさまに、志磨はいまはもう足を止めていた。正確に言えば、浮遊感に囚われて歩いていられなくなったのだが。

なんとなく、いまこの瞬間のことを、この先、自分は繰り返し思い出すような気がした。

そうした特別な瞬間は、ふいに降ってくるものなのだ。

それが善きものであれ、悪しきものであれ――。

「……」

視神経とその奥の脳に痛みを覚えて、志磨が男から視線を剝がしたのと同時に、裏返りかけた高い声が響いた。

「あれ、榮枝《さかえだ》くんじゃない…っ？　やっぱり、榮枝くんだ！」

軽やかな靴音がいくつも重なる。

その名前にふたたび意識を強く引っ張られて、志磨は振り返る。

男もちょうど身体を返したところだった。彫りの深い顔が陽射しに晒《さら》され、高い鼻梁《びりょう》にまっすぐ光の線が引かれる。ほんの一瞬だが、目が合ったような気がした。

彼の前に立った女子五人が甘い溜《た》め息を漏らすのが、離れたところからでもわかった。

遠目にも眩しさを覚えて目を眇《すが》めると、すぐ横から声がした。

「ナマで見るとまたエグいな、榮枝十李《とおり》」

志磨と同じく、医学部四年になったばかりの貫井大《ぬくいひろし》だった。

「四月二日生まれの二十歳。身長百八十三センチ、血液型O型。医学部現役合格組で、しかも入試で上位十名までもらえる返済不要の奨学金ゲット――で、去年は一年生にして、我が校のミスターコンテスト準グラ様にならせられた。グランプリより準グラのほうがイケてるって、ありがちだよな」

「詳しいな」と、呆《あき》れ声で返したものの、その情報は志磨の頭にも刻みこまれていた。

ＳＮＳで彼の情報が流れてこない日はないし、構内で女子の口からその名前を聞かない日はない。

しかし、医学部は一年次だけキャンパスが別なこともあり、榮枝十李をじかに見るのは今日が初めてだった。

これまでさんざんＳＮＳで画像を見てきたが、現物はそれこそ後ろ姿だけで見入ってしまうほどの圧倒的な存在感を備えていた。

「……ああいう恵まれすぎた奴は、害毒だな」

そう呟《つぶや》くと、貫井が肘でこづいてきた。

「なら、門宮だってけっこう害毒だぜ？　身長もまああるし、顔だってまあまあだし」

「まあまあばっかりだな」

「あ、これはかなりエロい。人妻っぽくて」

志磨の顎のホクロを指で押しながら貫井がにやつく。その手をぞんざいに払い除けて「なんで人妻なんだよ」と苦笑いする。

「いやでもさ、門宮はなんてったって、テイクアウトの帝王じゃん。そういや、おとといもユカユカのことお持ち帰りしてたよな。どーだったたんだよっ？」

貫井が酔っ払った女子のマネをしてしなだれかかってくる。

「鬱陶し」

「なんだよ。冷たくすんなよ。貴重な三浪仲間じゃんよ」

志磨も貫井も三浪で合格したため、大学四年春の現段階で二十四歳になっていた。一般的に医学部で多浪は珍しくないとはいえ、この大学では付属高校からの内部進学組が多くいるので、三浪以上は圧倒的少数派だ。

「俺は遊んでて本気出さなかっただけだから」

「はいはい。門宮はチャラいもんなー」

貫井が志磨のブルーアッシュの髪や左耳のフープピアスをじろじろ眺めながら続ける。

「食い散らかしてっと、そのうち刺されるぞ」

絡んでくる貫井の腹部に軽く拳を入れたところで、女子の集団が横を通った。

追い抜いていく彼女たちが作る壁のうえから、榮枝十李がこちらに視線を流した。

光が籠もっているかのような灰褐色の眸《ひとみ》——前にインタビュー記事で、カラーコンタクトなのかと質問されて、自前だと答えていた——にまっすぐ見詰められた瞬間、心臓がすくむのを志磨は感じた。

その華やかな顔で、微笑みかけられる。

「——」

ゆっくりと歩き去る集団を見送って、貫井が呻《うめ》く。

「やばい。鳥肌たった。惚《ほ》れそ」

志磨は自分のカットソーの袖口から指を這《は》いこませた。同じく、鳥肌がたっている。

しかし、それは貫井とは違う理由からだった。

1

「お前らなぁ、実習始まったら地獄だぞ、地獄っ」

ハイボールを呷《あお》り飲みながら、医学部六年の先輩がさっきから管を巻いている。

「外科の臨床なんて立ちっぱなしで足パンパンになるんだぞ！」

実際のところ、そうとうきついのだろう。以前は絵に描いたようなチャラ男だった先輩が、すっかり地味になって、げっそりしていた。

定番の和風居酒屋の一角を占領している三十三人の大学生の内訳は、医学部男子十九人、他大学女子十四人で、いわゆるインカレサークルのメンバーだ。

志磨は一年のときに限りなく拉致に近い勧誘攻撃でこのサークルに入れられ、そのままずるずると所属してきた。一応テニスサークルのはずだが、飲み会が主な活動内容だ。派手めなメンツはいるもののパーティピープルのノリではなく、基本的にまったりとしている。

ちなみに貫井もこのサークル所属で、いまは端席で以前から狙っているマユユを懸命に口説いているところだ。

「かどみやぁ」

先輩が座卓に身を乗り出して、斜め前に座る志磨を指差す。

「お前のそのチャラついた髪とピアスも、いまのうちだかんなっ。三学期の臨床始まったら俺みたく黒ヘルメット頭になんだぞっ」

「先輩はマッシュルームカットをやめればいいんじゃないですか？　トリュフになってますよ」

指摘すると、周りで笑いが起こる。

「門宮はみんなが腹んなかで思ってること、なんで言っちゃうよ」

「先輩への敬意、どこ？」

「トリュフ……ダメ、お腹痛い」

先輩の赤い顔がさらに赤くなって、震えだす。

「マッシュルームがトリュフになったんなら、出世魚だろっ」

みんなが首を横に振りながら「魚じゃないし」と突っこんで、さらに訳のわからない笑いの渦に場が呑《の》まれる。

これ以上、絡まれると厄介だ。志磨は視線を巡らせてから座敷をあとにした。トイレに立つふりをして、そのまま帰るつもりで靴を履いたところで、ユカユカこと松本友加里《まつもとゆかり》が追いかけてきた。ショートカットで大きな目が印象的な子だ。

「門宮先輩、もう帰っちゃうんですか？」

「帰るけど、今日は泥酔すんなよ」

「し、しませんっ」と首を可愛く横に振ってから、「ね、どうしよ？　私も一緒に帰ろっかな？」と耳元で囁《ささや》いてきた。

飲み会で泥酔した彼女を家に泊めたのは半月前のことで、それ以来、こんな調子なのだ。

彼女の眸のなかに「玉の輿《こし》」の文字が浮かんで見えるようだった。

しかし門宮総合病院の院長のひとり息子と繫《つな》がれたとなれば、それも無理はない。そもそも結婚相手を探しに医学部とのインカレサークルにはいったのだろうから、彼女は目標に向かってまっすぐ動いているだけなのだ。それが羨ましくすら感じられた。

「あー、残念。これから用事あるんだ」

「……誰か女の子と会う、とか？」

その質問には答えずに、志磨は「じゃ」と短く返して店を出た。

酔い覚ましに、信濃町《しなのまち》から電車には乗らず、明治神宮や国立競技場を擁する緑豊かな外《がい》苑《えん》沿いの道を通って千駄ヶ谷《せんだがや》へと抜けることにする。

先輩に絡まれたせいで、いまの自分の立ち位置を再認識させられてしまっていた。

「もう四年なんだよな……」

しかも三浪したから、高校までの同級生たちはほとんどが社会人になっている。置いていかれている焦燥感と、自分の将来が確定されていくことへの閉塞感が、胸のなかで絡みあう。

四年の秋の共用試験に合格したら、臨床実習の始まりだ。先輩が愚痴っていたとおりの生活になるのだろう。そして、六年で医師国家試験に挑み、それに合格すれば研修医生活の始まりとなる。その先、自分はずっと医師でありつづけるのだろうか。

門宮の一族の者のほとんどが、そうであるように。

「…ふ」

全身を雁字搦《がんじがら》めにされているかのような息苦しさを覚えて、志磨は幾度も空気を吸いこむ。しかし肺に届いている感じがしない。どんどん苦しさが嵩《かさ》み、地上で溺《おぼ》れているような感覚に陥りかける。その苦しさに追いつかれないように歩く速度を速めて、最後にはもう走って千駄ヶ谷のマンションに辿《たど》り着く。

小綺麗《こぎれい》なエントランスホールを抜けてエレベーターに乗り、十階で降りる。そうして通路の角をひとつ曲がったところで、志磨は躓《つまず》いたように足を止めた。

一〇〇五号室——志磨の部屋の玄関ドアに背を凭《もた》せかけるかたちで、男が座っていたのだ。長い脚を前に投げ出して、首が折れそうなほど俯《うつむ》いている。

『食い散らかしてっと、そのうち刺されるぞ』

貫井の言葉が耳の奥で甦《よみがえ》る。

これまでお持ち帰りしてきた泥酔女子たちの顔が脳裏をよぎる。そのうちの誰かの彼氏が、間男を刺すために待ち伏せしているのかもしれなかった。

志磨は軽く口角を上げて肩をすくめる。

「ま、いっか」

スタスタと自分の部屋へと歩いていき、男の横で腰を屈めた。

「もしもしー。はいれないんで、どいてもらえますかー?」

しかし、男はピクリともしない。見れば、腕はだらりと落ち、指先にも力がはいっていない。

この様子では刺しに来たわけではないらしい。

だとしたら、彼女の浮気の当てつけに、オーバードーズでここで自死でも図ったのだろうか? 刺されるならまだしも、それはさすがに勘弁してほしい。

とにかく状態を確かめようと、志磨は片膝をついた。……ふわりと、甘いフレグランスと酒の匂いが混ざった香りが漂う。

「おい、大丈夫か?」

肩を摑《つか》んで軽く揺らしてみると、男の身体がぐにゃりとこちらに傾いた。とっさに肩で受け止める。

「ん…」

男が苦しそうに喉を鳴らして呟く。

「きもち、わるい」

死んでいないことは確認できた。呼吸が気持ち浅いものの特に異状は見られないから、おそらくただ泥酔しているだけだろう。

横にどけて放置しておこうかとも思ったが、男の手にカットソーの端をぎゅっと握られていた。これはもう回収するしかない。

この男が自分に私怨をいだいていようが、ただの行き倒れだろうが、極悪人だろうが、家に上げることに抵抗はなかった。

「立てるか？」

脇の下に手を回して支えると、男は生まれたての小鹿みたいになりながらも、なんとか立ち上がった。

百七十六センチの志磨よりも五センチは背が高そうだ。男になかば縋《すが》りつかれるようにして鍵を開けて玄関のなかにはいる。人感センサーライトが点いて、視界がパッと明るくなる。

男の、取り回しの悪い長い脚がもつれた。志磨はなんとか踏みとどまろうとしたが、こらえきれなかった。

靴を履いたまま廊下へと、ふたり見事にビタンと倒れる。

「っ…、いってぇ」

したたか側頭部を打ち、志磨は横倒しになったまま頭を手で押さえて呻きながら、薄く目を開けた。

向かい合うかたちで倒れている男の顔が、すぐ目の前にあった。近すぎてパーツごとにしか認識できない。

閉じている睫毛《まつげ》が、やたらに長い。かすかにひそめられた眉は描いたようにかたちがい い。苦しそうにわずかに開かれた唇は、ほの紅くて腫れている。

「――」

その綺麗に通った鼻筋には、確かに見覚えがあった。

志磨はいつしか目を見開いていた。

「え？　……なんで、だよ」

唖然《あぜん》としながら呟くと、長い睫毛が震えた。狭間から、濡《ぬ》れそぼった灰褐色の眸が細く覗《のぞ》く。まるで光が隙間から漏れるかのようで。

志磨を見つけたとたん、榮枝十李の顔に甘い笑みが波紋のように拡がった。


タオルケットにくるまってリビングのソファに横になり、志磨は暗い天井をぼうっと眺める。目の奥が妙に重苦しい。

榮枝十李が目を開けたのはほんの数秒のことで、またすぐに瞼《まぶた》を落とした。そんな彼をベッドまで引きずっていって、水を飲ませたりして介抱したところ、落ち着いた深い呼吸で眠りについたのだった。

「…っ、本気で害毒だろ、あれ」

人のうちの前で泥酔していたこと自体迷惑千万なら、介抱されている最中のしどけないありさまも目の毒だった。

無意識なのだろうが、触れられたときにくすぐったそうに身をよじる姿や、ベルトを緩めたときになにかを求めるかのように腰をクイと上げた仕種に、同性ながらゾクリとした。あそこまでのレベルになると、性別関係なしに人の欲を刺激するものがあるらしい。

……鳥居の下で手を合わせる鮮やかな後ろ姿を見たのは、半月近く前のことだった。

それが記憶に焼きついていただけに、よけいになまめかしさを感じたのだと思う。同性相手にもやもやとした気持ちになっているのが受け入れがたくて、志磨はタオルケットを頭のうえまで引っ張り上げた。

そうするとタオルケットのなかに空気が籠もって、甘いフレグランスと酒の匂いが混ざったものが鼻腔《びくう》に甦り、また背筋がざわめいた。

寝心地の悪いソファで何度も体勢を変えつつ、いつしか眠りに落ちて――志磨は悪夢に魘《うな》された。

もう何年ものあいだ繰り返し見ている悪夢で、特にこの半月ほどは頻繁に悩まされていた。

「先輩……志磨先輩」

馴染《なじ》みのない呼ばれ方と声に目を開けると、眩しさが視界に満ちた。

志磨はしばし、ソファの背凭れに手をついてこちらを見下ろしている男をぼんやりと見ていた。いや、途中からは見惚《みと》れていたというほうが正しかったかもしれない。

リビングには窓から陽光が降りそそぎ、榮枝十李の淡い色の髪や眸を照らしている。まるで光の粒子をまとわりつかせているかのような透明感は、神々しくすらある。

そういえば昨夜、彼を廊下で拾ったのだ。思い出したものの非現実感がすごくて、意識に霞《かすみ》がかかったままだ。

すると、ふいに左耳にコリッとした刺激が起こった。

志磨のフープピアスを指先でいじりながら、榮枝十李がやわらかくて低い声で言う。

「おはようございます。志磨先輩」

「え――ああ」

耳への刺激で我に返り、慌てて起き上がろうとして、なかば覆い被さるようにしている男にぶつかる。

「……おい」

「なんですか？」

小首を傾げる男に、志磨は三白眼を向けた。

「どけよ」

「ああ、すみません。見惚れてました」

なにか妙な言葉を聞いた気がしたが、おそらく空耳だろう。

今度こそ身体を起こしながら、いい匂いがしていることに気づく。

見れば、ローテーブルのうえに、どんぶりがひとつ置かれていた。なかには黄金色の粥《かゆ》らしきものが盛られている。

「志磨先輩、昨日、サークルの飲み会だったんでしょう。胃に優しいものにしてみました」

いくつも引っかかることがあるのだが、寝起きで頭が回らない。ソファからラグのうえにずり落ちて、十秒ほどの沈黙ののちに出てきた質問は、「これ、お前が作ったのか？」だった。

テーブルの向こう側に回った榮枝十李が頷《うなず》いてから、訊《き》いてきた。

「志磨先輩って、俺のこと知ってますか？」

「お前のこと知らない奴なんて、うちの大学にいないだろ」

「俺の名前、言ってみてください」

「榮枝十李」

「正解です。十李でいいですよ」

相変わらずキラキラとした光の粒子をまといながら、そう言ってくる。

「――いや、待て。そもそも」

なんとか思考回路を起動させて、問いただすべきことを弾き出す。

「なんで、お前、俺んちの前にいたんだ？　このマンションに住んでんの？」

きちんと正座をして、十李が答える。

「住んでるのはここじゃありません」

「じゃあ、どうして……」

「志磨先輩の前で泥酔すると、女子なら誰彼かまわずお持ち帰りして介抱してもらえるって噂《うわさ》を聞いたから、男の酔っ払いならどうするのかと思って試してみました」

笑顔だが、言葉には棘《とげ》があった。

泥酔した女子を手あたり次第持ち帰る男など、同性からは嫌われるか羨ましがられるかのどちらかだから仕方ないが。

「試して満足したか？」

「してません。介抱がずいぶんあっさりしてましたけど、女子のときはどうなんですか？」

探るように問われて、志磨は眉間に皺《しわ》を寄せた。

「なぁ、そんなどうでもいいこと試すために、わざわざ俺の名前や住んでるとこまで調べたのか？　そういや、俺が昨日サークルの飲み会だったことも知ってたよな？」

「スケジュールも調べました」

しれっと言う男の顔を、志磨は穴があくほど見詰めた。

「……俺、お前になにかした？　あ、もしかしてお前が狙ってる子を俺が持ち帰ったとかか？　それなら――」

「違いますよ」

十李が眉をひそめて、聞こえるか聞こえないかの声で呟く。

「むしろ、なにもしてくれなかったのが……」

「え？」

「なんでもありません」

「女の子絡みじゃないなら、なんなんだ？」

「運命を感じたからです」

音としてははっきり聞こえたが、言葉の意味を理解できない。

「……運命を感じたから？」

変な声で鸚鵡《おうむ》返《がえ》しすると、十李が頷く。

志磨は十李を指差してから、その指を自分へと向けた。

「お前が、俺に？」

ふたたび、今度は深く頷いて、十李が華やかに微笑む。

志磨は思わず後ろ手をついた。まるで強い向かい風でも受けているかのように圧されていた。

自分と十李の接点といえば、キャンパス内にある稲荷大明神のところで顔を合わせたことだけだ。あの時は言葉すら交わさなかった。それなのに、運命を感じたというのだろうか？

十李がローテーブルに肘を乗せて前傾姿勢になり、距離を縮めてくる。

「志磨先輩は、運命を感じなかったんですか？」

「――」

思い出す。

それが榮枝十李だと知る前、鳥居の下で手を合わせる彼の後ろ姿に意識を搦め捕られた。

そして、この瞬間のことを自分は繰り返し思い出すだろうと思った。

十李に運命を感じたというのとは違うが、なにか運命的な瞬間として自分のなかに刻みこまれたのは確かだった。

否定しきれないことを志磨の表情から読み取ったのだろう。

十李が満足げに口許を綻ばせた。

「よかった」

「……待て、よくない。俺は別に」

「あ、そろそろ行かないと。俺、一限からなんですよね」

立ち上がりながら十李が続ける。

「志磨先輩は今日は二限からですよね。遅刻しないように」

どうして、時間割まで把握されているのか。

その疑問を口にする前に、十李は「じゃあ、また」と爽やかな笑顔で手を振り、部屋を出て行ってしまった。

そういえば昨夜は泥酔状態だったのに、十李に二日酔いらしき様子は微塵《みじん》もなかった。

このマンションに住んでいないのに、どうやってエントランスのオートロックを抜けたのだろう。

——男同士で運命って、なんだよ……。

消化できないことが大渋滞を起こしている。

眉間に皺をたてて唸《うな》っていると、いい匂いに鼻腔を満たされた。腹が鳴る。

スプーンを手にして、どんぶりの粥をひと口食べてみる。

「……うまい」

ほんのり味噌《みそ》味のきいた卵粥は、絶品だった。

しかし考えてみれば、自炊もろくにしないから、この家には味噌もなく、確か卵は切らしていたはずだ。

わざわざ買い出しに行って作ってくれたということだ。だが、買い出しに行くにはエントランスのオートロックを通らなければならない。

志磨はハッとして立ち上がり、玄関へと向かった。いつもシューズボックスのうえに鍵を置いているのだ。昨夜も確かにそこに置いたはずだ。

嫌な予感は的中して、キーケースはどこにもなかった。

2

三限目が終わり、四限目の講義室へと移動しているときに、廊下の向こうから教授回診さながらの行列がやってきた。男女合わせて一ダースほどの集団で、その先頭に榮枝十李の姿を見つけて、志磨は思わず立ち止まる。

彼からマンションの鍵を返してもらわなければならない。

しかし、あの集団の前に立ちふさがって声をかけるのはさすがに躊躇《ためら》われた。そうこうしているうちに、十李と擦れ違う。瞬間、目が合ったが、十李はそのまま行列を引き連れて、角を曲がって行ってしまった。

息をひとつ吐いて講義室へと向かおうとしたときだった。

背後から駆け寄ってくる足音が聞こえたかと思うと、二の腕を摑まれた。引っ張られるままに走らされて、トイレに連れこまれた。

「なんだよっ」

腕を摑んでいる手を振り払って、動揺を隠しきれずに声を荒らげると、十李が小首を傾げた。

「それはこっちのセリフですよ。すごく話しかけたそうな顔して、こっちを見てたじゃないですか」

「俺はただ——」

用件を言おうと口を開きかけて、志磨は目を見開く。

十李がパンツのファスナーを下ろしたのだ。

「おい、榮枝」

「十李ですよ。志磨先輩」

「なにして……」

「なにって、トイレですることですけど？」

そう言いながらも、壁際に並んでいる便器のほうではなく、志磨のほうに身体を向けたまま黒い下着から陰茎を引きずり出す。

とっさに顔ごと視線を逸らすと、視界の端で十李がようやく便器へと向かった。

「先輩もどうですか？」

「お、俺はいい」

「恥ずかしいんですか？」

からかうような声音だ。

男同士でトイレで並んで用を足すことに、どうして恥ずかしがらなければならないのか。

そう思うのに、妙に耳のあたりが熱くなる。そんな自分の反応に苛立ちながら、志磨はぶっきらぼうに用件を伝えた。

「鍵を返せ。今朝、持っていっただろ」

「スペアキー、ないんですか？」

その返しから、間違って持ち帰ったのではなく、故意に鍵を持ち去ったのが知れた。

「あるけど、そういう問題じゃないだろ」

いつもは気になりもしない用を足す水音に、なぜか耳を塞ぎたくなる。

榮枝十李という非日常の象徴のような男に、排泄《はいせつ》というなまなましさは不似合いで、腰のあたりの肌にむず痒《がゆ》さがじんわりと拡がる。

ようやく十李がパンツの前を閉じた。

改めて彼のほうに視線をやると、灰褐色の眸が横目でこちらを見ていた。ずっと志磨のことを観察していたらしい。

——なんなんだ、こいつ。

十李が手を洗いながら鏡越しに見返してくる。

「鍵、いまは持ってないんです。今夜、返しに行きます」

視線を合わせていると目の奥が重たくなってくる。十李の眸は、嫌な記憶を甦らせるのだ。

「ポストに入れといてくれ」

ぼそりと告げて、志磨はトイレをあとにした。

その日は五限を終えてから週四で入れているバーテンダーのバイトをして、日付が変わるころマンションに戻った。ポストに鍵ははいっていなかった。返さないつもりかと訝《いぶか》りながら十階に上がり、自室の鍵を開ける。

靴を脱ごうとして、廊下の突き当たりにあるリビングに通じるドアのガラスが明るいことに気づく。明かりを消し忘れて家を出たのかと思ったが、靴脱ぎ場に自分のものではないローファーが置かれていた。

リビングとの境のドアが開く。

「おかえりなさい、志磨先輩」

スタスタと榮枝十李が近づいてきて、目の前に立ち、満面の笑みを浮かべた。

「バーテンのバイト、お疲れさまです」

「――お前」

「はい？」

「ストーカーなのか？」

これだけのスペックの男が、同性である自分にストーカー行為をするなど違和感しかないし、自意識過剰ではないかと思うものの、昨夜からの一連のことを考えると、そうとしか思えなかった。

十李はしかし、笑みを崩さずに訊き返してきた。

「俺の身長、知ってますか？」

脈絡がわからないが「百八十三だろ」と答える。

「俺の誕生日は？」「四月二日」「俺の血液型は？」「O型」「俺の兄弟姉妹は？」「妹がひとり」「俺の出身地は？」「千葉《ちば》」「俺の好きな食べ物は？」「クリームシチュー」「嫌いな食べ物は？」「青魚」

榮枝十李の情報は、SNSで嫌というほど流れてくるうえに、女子たちの雑談で日々聞かされているせいで、すっかり頭にはいってしまっている。

「じゃあ、俺のバイトは？」

「家庭教師だろ」

十李が満足げに頷いて、問う。

「先輩は、俺のストーカーですか？」

「——違うに決まってんだろ」

「それなら俺も、先輩のストーカーじゃありません」

反論しようとしたが、うまい切り返しが思いつかない。

「ほら、いつまでそうしてるんですか。上がってくださいよ」

まるで自分の家ででもあるかのように促して、十李は踵《きびす》を返し、リビングへと戻っていった。志磨も急いで靴を脱ぎ、あとを追う。

早くもソファに座って缶チューハイを手にしている十李へと、掌を突き出した。

「鍵」

不承不承といった様子で、十李がパンツの尻ポケットからキーケースを取り出す。そしてなおも未練がましく言ってきた。

「これ、合鍵にしたらいけませんか?」

キーケースを奪うように取り返して、志磨は苦い顔をする。

「合鍵を渡すような関係じゃないだろ」

「まだ、でしたね」

「この先もそうだ」

「そう意固地にならないでくださいよ」

宥《なだ》めるような口調で言い、十李がローテーブルを掌で示す。

「先輩、バイトでは飲まないんですよね? つまみになる軽食を用意したので一杯やってください」

すぐに追い出してやろうと思ったものの、今朝の粥が美味かったことが思い出され、しかも小腹がすいていた。

とりあえず、食べ終えるまでは追い出すのをやめることにする。

十李に背を向けるかたちでラグに胡坐《あぐら》をかいて座り、グレープフルーツの缶チューハイのプルトップを開ける。大きく呷ってから、つまみに箸をつけた。

きゅうりの肉みそは、清々しさとこってり感が絶妙だった。

ただの卵焼きかと思ったものには、ゴーヤとツナが仕込まれていた。これまた、好みの味だ。

カブのスープはほのかに甘くて優しい味わいで、思わず頬が緩んでしまう。

黙々と食べていると、十李がソファからラグへと座りなおして、間近に顔を覗きこんできた。

「おいしいですか？」

「うまく、なくは、ない」

そうは言ったものの、おそらく顔には「うまい」と思いっきり書いてあることだろう。

「よかった」

テーブルに頬杖《ほおづえ》をついて缶チューハイを口にしながら、十李が幸せそうな顔をする。陽の光が射しこんでいるわけでもないのに、光の粒子が彼から発せられているかのようで、目がチカチカする。

「どうかしましたか、志磨先輩？」

「なんでもない」と呟いて、チューハイの残りを一気に飲み干すと、十李が新たな缶のプルトップを開けて差し出してきた。勢いで、それを掴み、口に運ぶ。

酒で勢いをつけて榮枝十李を撃退しようとしたのだが、結果的にはただ酒に呑まれただけで、そう気づいたときはすでに手遅れだった。


「――バーテンをやってるわりに、強くないんですね」

意識が途切れていたような気がする。

目を開けると、すぐ横に十李がいた。

いつの間にか、志磨はソファの座部にうつ伏せに上体を乗せて、くったりとしていた。十李もまた座部に頬杖をついて、ほろ酔い気分のようだ。

志磨はひとつしゃっくりをしてから、文句を口にした。

「お前の、距離感はぁ、おかしぃんだよ。だいたい、今日だってなぁ、人んちに勝手に上がりこんで――俺にあれこれ、食わせやがって」

「完食してくれて、嬉《うれ》しいです」

その言葉にテーブルを見てみると、皿は綺麗に空になっていた。しばしの沈黙ののち「ごちそうさま」とぼそりと呟くと、十李が「どういたしまして」と返す。

なんの文句を言おうとしていたのか見失って首をひねってから、仕切りなおす。

「それと、その志磨先輩ってので、やめろ。ムズムズする」

十李が少し考える顔をしてから、甘さの滲《にじ》む笑みと声音で囁いてきた。

った。

　腰のあたりの肌がザァッと粟立《あわだ》つ。それを抑えこむように掌を当てると、十李が喉で笑った。

「腰にキましたか？」

「違うっ」

　どういう発想をしているのかと思う。

「あのなぁ。俺は、お前より四歳年上なんだぞ？　門宮先輩、だろ」

「それはないですね。呼び捨てがダメなら、志磨先輩です」

「お前は――王様かなにかか？」

　確かにミスターコンテストで準グランプリを獲得し、実質的にはグランプリ以上の人気を誇っているのだが。

　十李が手を伸ばしてくる。左耳に触れられた。ひんやりとした指が気持ちいい。

「誰にでもこんな強引なわけじゃありません」

　強引だという自覚はあるのかと、少し安堵《あんど》する。

　フープピアスをいじられて、志磨の腰は自然とよじれる。

　十李が顔を寄せてきた。すぐ間近から目を覗きこまれる。

「ただ、狙った相手にはがっつきます」

「じゃあ、志磨」

眼球の底が重く疼《うず》く。

もしかするとこれは、ＳＮＳにも流れていない十李の性的指向の話なのだろうか？　ナイーブな部分ではあるが、それならなおさら、明らかにしておかなければならないと思う。

「俺は男を好きになったことないんだ」

小声で告げると、しかし十李は明るい笑みを浮かべた。

「わかりました。覚えておきます」

もしかするときちんと通じなかったのだろうか。もう一度、今度ははっきりと言う。

「えっとな。――だから、お前は恋愛対象にはならない」

「頭の隅には置いておきます」

十李はにこやかにそう言うと、ピアスを引っ張った。

痛みに志磨が身体をピクンとさせると、十李はわずかに舌先を覗かせて、舌なめずりをした。

3

　たぶん、雨が降るのだろう。昔に負傷した左膝が疼いている。

「またお迎え来てるよ」

　バックヤードから戻ってきた雇われマスターの矢代《やしろ》が、カウンターのなかにはいってくるなり、特有のやわらかな口調で言ってきた。

「……そうですか」

「あの超絶イケメン、門宮くんの彼氏さん？」

「違います。ただの大学の後輩です」

　長めの栗色《くりいろ》の髪を耳にかけながら、矢代がいたずらっぽく目を細める。

「そう？　でも、ただの後輩が、週四でバイト先に迎えにくる？」

　その指摘に、志磨はグラスハンガーにワイングラスを逆さ吊《づ》りにしまいながら苦い顔になる。

　榮枝十李はこの三週間ほど、志磨がバーテンダーのバイトを入れている日はかならず、仕事上がりを裏口で待っていた。

　バイトがはいっていない日も、マンションの玄関ドアの前で座りこみを決めていることがよくあった。マンションのエントランスはオートロックなのだが、住人が出入りするときに一緒に侵入しているらしい。普通なら怪しまれるおこないも、十李が笑顔で会釈のひとつもすれば、疑われることもないわけだ。

しばらくして店のドアベルがカランと鳴り、常連客の社会人カップルが小走りに駆けこんできた。ふたりとも髪が濡れている。

「いらっしゃいませ。雨ですか？」

矢代が尋ねると、スーツ姿のサラリーマンが恋人の肩や髪の水滴をハンカチで撫《な》でるように拭きながら「急に降ってきたんですよ。そろそろ梅雨入りですかね」と答える。

志磨はカウンターのスツールに並んで腰かけたふたりにおしぼりを差し出し、オーダーされたカクテルを作った。そうしながらも、意識はずっと裏口のほうへと向いていた。それに気づいた矢代が、客との他愛ない会話の合間に、「休憩はいっていいよ」と耳打ちしてきた。

その言葉に甘えてバックヤードに下がり、しばし逡巡《しゅんじゅん》したのち、裏口のドアを開けた。

小雨交じりの風が正面から吹きこんでくる。志磨は目を眇めて、薄暗い路地裏を見やった。

向かいのビルの壁に背を預けて佇《たたず》んでいる長軀《ちょうく》がある。

十李がこちらを見て、濡れた顔を綻ばせる。

大袈裟《おおげさ》に呆れ顔を作って、志磨は袋小路になっている路地へと足を踏み出した。十李の前に立ち、見上げる。

「まだバイト上がるまで三十分以上あるけど、そうしてるつもりなのか？」

「心配して様子を見にきてくれたんですか？」

「ずぶ濡れで待たれてたら気分が悪いだけだ」

なにをどう言っても帰らないことは、さんざん押し問答をしてきたからわかっている。

いい気にならせるのも癪《しゃく》だが、放置しておくこともできない。

志磨は溜め息をつくと、キーケースを十李に手渡した。

「合鍵にしていいですか？」

「先に俺んちに行ってろ」

「違う。勘違いするな」

そう釘《くぎ》を刺しながらも、強引すぎる十李にも彼なりのルールがあることを、志磨は改めて認識していた。

ひとつは、その気になれば合鍵を勝手に作れたのに、そうしなかったことだ。

十李が志磨の家に無断で侵入したのは鍵を手にしていた一日だけで、それ以外は志磨の許可ありきだった。

そしてもうひとつは、SNSでアプローチをしてこないことだ。

手軽に繋がろうとはせず、あくまで時間と労力を割いて距離を縮めようと努めている。

その二点があるからこそ、拒絶しきれず、なし崩しに受け入れてしまっていた。

キーケースを大切そうにジャケットのポケットに入れて、十李が訊いてくる。

「先輩、お礼をしていいですか？」

また手料理でも振る舞ってくれるつもりなのだろう。それについては、やぶさかではない。だから軽く「ああ、いいぞ」と応じて、踵を返そうとしたのだが。

肘をぐいと摑まれた。

振り返ったのと同時に、チュッと軽い音がして、頰にひどくやわらかいものが触れた。

こんな小雨の降る薄暗い路地裏なのに、視界全体に光の粒子が舞っている。

近すぎる距離で十李が甘い声で囁く。

「先に帰って、待ってます」

「――」

しばし立ち尽くしてから、志磨は頰を手の甲で乱暴にこすった。

すでに十李はいないのに、光の粒子が視界をちらついている。

不機嫌顔でカウンターのなかに戻ると、矢代が目を丸くして言ってきた。

「門宮くん、大丈夫？　顔、真っ赤だけど」

月曜日、学食で次の講義までの空き時間を潰していると、貫井が向かいの席に座った。わざとらしい咳払《せきばら》いをしてから、もったいぶった感じに言ってくる。

「門宮に報告しないとならないことがあるんだよな」

志磨はテキストを閉じて、「はいはい。おめでとう」と先回りした。

「マユと付き合えることになったんだろ」

「えっ、なんで知ってんだよ？」

「鏡見てみろ。浮かれきった顔してるぞ」

貫井が頰を両手で挟んで、もう全力でにやけだす。

「三浪してでもここの医学部はいって、ほんっとによかったわ。そうでなきゃマユと出会えなかったんだもんな」

そして堰《せき》を切ったように、ノロケ話に突入した。マユはおとなしいお嬢様風な印象だが、かなり抜けているところがあって、どうやら貫井はそこがたまらなく気に入っているらしい。

貫井がうっとりした顔で言う。

「なんかさぁ、マユといると視界が明るくなるんだよな。目の奥まで光がはいってくる感じ？」

その言葉に志磨は瞬きして視線を彷徨《さまよ》わせた。

そんな志磨をじっと見詰めて、貫井がにんまりする。

「で、そっちは？」

「え？」

「とぼけんなよ。志磨もできたんだろ、カノジョ」

貫井が顎を親指でこすりながら証拠を並べる。

「ここんとこ、サークルの飲み会もすぐに帰るし、女の子をお持ち帰りしなくなったじゃん。それに——それこそ、鏡を見てみろ、だ」

その指摘に、志磨は思わず頰に触れる。半月ほど前、小雨の路地裏で頰にキスをされた。あれ以来、十李はなにかというと「お礼」と言っては、そうしてくるのだ。下手をすると日に何度もされるから、頰が唇の感触を覚えてしまった。

もし唇にされていたら殴って二度と近づくなとでも言えただろうが、頰へのそれはどこかふざけているようでもあり、真剣に突っぱねるだけの威力を欠いていた。

——でも、普通に考えて、ないよな？

十李はあたかもそうする権利があるかのように距離を詰めてくる。それに押されているのは自覚していたが、もしかするとかなり流されてしまっているのだろうか。

飲み会を早々に切り上げるのは、十李が部屋の前で待っているかもしれないと考えてしまうせいだ。

十李の手料理をつつきながら軽く家飲みをし、ここのところは彼のレポートの手伝いをしてやったり、二年次に履修した講義のノートを見せてやりながら討論したりもする。十李はそのまま泊まっていくこともよくあって、長身を窮屈そうに折り曲げながらソファで眠る。トイレに起きたときにその姿を目にすると、立ち尽くしてしまう。こんな光の塊のような人間が、どうして自分の傍にいるのかと……。

目の奥に光の粒子が漂い、同時に痛みが生じた。

強い瞬きをして、志磨ははっきりと口にする。

「誰とも付き合ってない。……俺は、誰とも付き合わない」

榮枝十李に限らず、だ。

自分は誰からも特別に想われるべき人間ではないのだ。

それをこれまできちんと十李に伝えてこなかったのは、彼といるときにふっと訪れる心地よい瞬間に未練があるからなのか。

――でも、これ以上は無理だ。

たぶん、いま自分は痛みをこらえるように眉根を寄せて、頬を強張らせているのだろう。

向かいに座る貫井が、そういう顔をしていた。

その日、志磨は初めて十李にダイレクトメッセージを送り、初めて自分から十李を部屋に招いたのだった。

バイト上がりの二十三時、マンションの前で待ち合わせをしたのだが、志磨の姿を見つけたとたん十李は笑顔で駆け寄ってきた。

「お疲れさまです。今日は誘ってくれてありがとうございます」

十李は礼を口にしながら、志磨の頬に唇を押しつけた。周りに人はいなかったものの、志磨は慌てて十李の胸倉を拳で叩《たた》いて退けた。

そんな志磨を見下ろして、十李が少し拗《す》ねたような、それでいて嬉しさを隠しきれない顔をする。

今日の彼は一段と眩しくて、眩しさのぶんだけ志磨は胸苦しさを覚えた。

十階の部屋にはいって玄関ドアを閉めたとたん、点ったライトのなか、背後から十李が腕を回してきた。

「志磨先輩……」

低くてやわらかな声は、わずかに掠《かす》れている。

ダイレクトメッセージで誘われたことを、十李は大きな進展だと思っているのだ。期待感が痛いほど伝わってきて、志磨は項垂れる。もう苦しくてたまらない。

部屋に上がってからきちんと告げようと思っていたことが、口から溢《あふ》れた。

「俺はお前になついてもらえるような人間じゃない。だからもう、ここには来ないでほしい。待つのもやめてほしい」

そう口にしながら、過呼吸になりそうな、切羽詰まった感覚が押し寄せてきていた。

身体が震える――志磨は大きく瞬きをした。

背後から回されている十李の腕が、激しく震えていた。

「おい……」

動顛《どうてん》して呼びかける。

「十李？」

呼びかけてから、彼を下の名前で初めて呼んだことに気が付く。

「志磨先輩は、ずるい」

いつもより数段低い、呻くような声で十李が詰る。

「俺を初めて呼びつけてくれたり、俺の名前を初めて呼んでくれたりするくせに、もう来るなとか――ずるすぎます」

言われて、気づく。

自分は無意識のうちに、十李を引き留めようと浅ましい算段をしていたのかもしれない。

迷惑がってみせる裏で、十李が目の前に現れるたびに喜悦を覚えていた。

「先輩は俺のこと、好きですよね？」

苦しそうな声で問われて、無言で首を横に振る。

すると十李の手が蠢《うごめ》き、左胸を包むように押さえてきた。その掌に反響して、自分の心臓の激しい鼓動を知る。

「うそつき」

「――、っ」

自分にさえも隠してきたものを剝き出しにされて、追い詰められていた。十李の腕を摑んで力まかせに胸から引き剝がす。

「さっき言ったことが全部だ。もうここに来るな」

十李を追い出そうとドアノブへと伸ばした手を、手首の骨が砕けそうな強さで握られた。痛みにひるんだ隙に、シューズボックスのほうへと押された。その天板に後ろ手をつく。

覆い被さってくる男を避けようと背を反らすと、項をがっしりと摑まれた。

「逃げられませんよ」

いつもとは違う攻撃的な光が、灰褐色の眸から放たれていた。

本当に、逃げられなかった。

唇を、やわらかな重さに潰される。これまで頰に何度も感じてきたものなのに、瞬間、心臓が弾けそうになった。目が回るような感覚に瞼をきつく閉じると、十李の唇だけしか感じられなくなる。

食むように十李の唇が蠢きだす。

「ん…ん」

後頭部から項にかけて、細かな痺《しび》れが拡がっていく。

広い肩口に手をついて押すと、十李がわずかに顔を離した。半開きの唇が乱れた呼吸を漏らす。そして、志磨の項を摑んだまままもう片方の手で耳の下の頸動脈《けいどうみゃく》に触れてきた。

「ドクドクしてる」

先制されて、口にしようとした拒否の言葉を封じられる。

「俺も——身体中、ドクドクしてます」

そう打ち明けながら、ふたたび十李が顔を寄せる。上唇を舌でめくられる。もう一度、肩口を手で押したけれども、今度は十李は退かなかった。

唇を忙しなく吸っては舐《な》められ——痺れでなかば麻痺したようになった口のなかに舌を挿《い》れられる。とたんに、身体中のあらゆる場所を血液が突き抜けていくような感覚に襲われた。

「…く…ん」

自分のものとは思えない弱々しさで喉が鳴る。

舌を舐めまわされて、身体がビクビクする。どうしてかわからないが、これまでしてきたどのキスともまったく違っていた。

——十李の舌なんだ……。

そう思うだけで、止め処なく唾液が溢れてくる。それだけでも恥ずかしいのに、十李がわざと水音をたてるように舌を遣う。頭のなかにその音がじかに反響する。

「ぁ…、ふ」

とても耐えられなくて、志磨は両手を後ろに回してシューズボックスの天板につき、身体をずり上げた。口からずるりと、熱い柔肉が抜ける。

十李が舌を露わにしたまま見詰めてくる。

視線が絡んで、志磨の腰はぶるりと震えた。

ゆっくりと十李が顔を伏せていく。

「あ…ッ」

自分の下腹部に顔を埋めた男の頭を両手で摑んで、引き剝がそうとする。布越しにそこを唇で擦られて、すでにペニスが硬くなっていることを教えられる。

「やめ——」

裏筋を横から咥《くわ》えられると、甘苦しさが血流に乗って身体中を巡った。

十李はわかっているのだ。

本気で嫌ならば、この体勢なら蹴り飛ばせるのに、志磨がそうできないことを。

頭がグラグラして、志磨は上体を前に倒した。十李の背中にさかしまに覆い被さるかたちになりながら、その背中を引っ掻《か》く。抵抗ではなく、さらなる刺激をねだる仕種だ。十李を退けようと決意して呼び出したのに、気が付いてしまった十李への気持ちと、彼から与えられる快楽とに、抗えない。

下腹から十李が顔を上げた。

志磨も上体を起こして、壁に背をくったりと預ける。

パンツのベルトを外された。前を開けられれば、黒々と濡れ染みを広げるグレーの下着が露わになる。

下着を伸ばしながら引き下ろされる。

腫れきったペニスが弾み出て、頭を振った。

恥ずかしいを通り越して、頭から血の気が引いていく。

十李の指が裏筋を根元からなぞり上げ、濡れそぼった先端を薬指の先でくじる。透明な粘液が新たに湧き出す。

茎をやんわりと握られた。

「ここも、ドクドクしてますよ」

指摘しながら、十李が興奮を孕《はら》んだ笑みを浮かべる。

「志磨先輩の、ずっとこうしたかったんです」

色を濃くした唇の狭間から出された舌が、チロチロと亀頭を舐めだす。

それだけで身体中が強張りきるのに、十李は次第に大胆な舌遣いになりながら次から次へと溢れる蜜を舐め、しまいにはペニスを先端から口に含んだ。

しゃぶりながら、十李が上目遣いに見詰めてくる。

フェラチオで感じている顔を凝視されて、志磨は呼吸をするのすら困難になる。

それでいて、目を逸らすことも、瞼を閉じることもできなかった。

十李の唇が陰茎を咥えたままズルズルと上下していく。品のある口許が、いまは腫れぼったくなっている。そこが男に奉仕するために、内側に巻きこまれてはめくれる。

まるで口腔の粘膜で感じているかのように、十李が目を細めて長い睫毛を揺らめかせる。

「ぁ…あ——っ、ん…ぁ」

自分の声に驚いて掌で口をきつく押さえると、今度は座っているシューズボックスから垂れている膝から下が跳ねだした。スニーカーの踵がボックスのドアをドッ…ドッと蹴る。

その蹴る速度が次第に速まっていき——。

口のなかに放たれながら、十李は瞬きもせずに志磨のことを見詰めつづけた。志磨もまた、震える眸で十李を懸命に見る。

「ふ——」

残滓《ざんし》まで音をたてて吸い出されて、身震いする。

飲みにくそうに精液を嚥下した十李が、軽く噎《む》せた。

射精の昂揚感《こうようかん》が引いていく。急速に現実に引き戻されて、志磨は性器をしまうと、十李を睨《にら》みつけた。

「俺……は、言った」

みっともなく声が掠れる。

「俺は、お前になつかれるような、人間じゃない」

十李がまっすぐ見返してくる。

「それを決めるのは、先輩じゃなくて、俺です」

たぶん、十李があまりに眩しいせいだろう。

自分のなかにこびりついている自己否定のかたちが、くっきりとした影を浮かび上がらせていた。

——そうか……。十李と出会ってからだったんだ。

悪夢を見る頻度が上がったのは。

悪夢といってもただの夢ではない。過去に実際にあったことだ。

自分は、自分がいかに出来損ないで、卑怯な人間であるかを知っている。

「お前は、俺のことを、なにも知らない」

苦しく言葉を吐くと、十李の目にかかる睫毛の影が大きく揺れた。眸が強く光る。

詰るような表情を浮かべながら、十李が長い腕を伸ばしてきた。

抱き締めてくる腕の力が強すぎて、骨が軋《きし》む。

「いた…」

痛いと訴える言葉に押し被せて、十李が涙声で囁く。

「ひと目惚れだったんです」

自分と十李が初めて顔を合わせたのは、キャンパス内にある稲荷大明神の前だった。女の子たちに囲まれた十李は、追い抜きざまにこちらを見て微笑んだ。しかし、あの時の十李にひと目惚れをしたような様子は見られなかった。

——嘘《うそ》をついてるのか、ただの口説き文句なのか……。

しかしそれならなぜ十李はいま、嗚咽に身を震わせているのだろうか？

「ひと目惚れとか運命とか……お前の頭、どうなってんだよ」

素直な吐露が口をついて出た。

すると、十李が腕の力を緩めて、顔を覗きこんできた。その睫毛はぐっしょりと濡れそぼっている。

「わからないなら、俺のことをちゃんと全部、知ってください。俺のことを知りもしないで突き放すなんて、絶対に許しません」

まるで罪を咎《とが》める口調で、十李はそう言い渡してきたのだった。

サニタリールームにはいってきた十李が、眠たげな目をしばたたき、露骨に不満そうな顔をした。

「ひとつのコップにはいってるほうが、恋人感あるのに」

新たに買い足されたコップから歯ブラシを取りながら文句を言う。

志磨は泡だらけの口で不明瞭に返す。

「恋人じゃない」

「同棲《どうせい》してるのに、まだ言い張るんですね」

「同棲はしてない」と答えたものの、限りなくそれに近い状態であることは志磨も認めざるを得なかった。

一ヶ月前、距離を置こうとしたところ、かえって十李を煽《あお》ってしまい、「榮枝十李のことを知る」という課題を負わされることになった。それをクリアするまでは、拒否することも認めないという。

自分をよく知ってもらうため、という名目のもと、十李はこの部屋に転がりこんできたのだった。

「スペアキーを返せ」

十李が歯ブラシを咥えたまま、やはり不明瞭な発音で返してくる。

「それなら、合鍵をください」

寝癖頭すら色っぽい男に鏡越しに微笑みかけられて、志磨は眉間に皺を寄せて、鏡に背を向けた。

考えれば考えるほど理不尽な展開なのだが、十李を追い払えないでいる。

十李の圧倒的な強引さに押されているのが最大の理由だが。

——……でも、それだけじゃない、な。

先に歯を磨き終えた十李が口を漱《すす》ぐ。そしてごく自然な仕種で、志磨の口から歯ブラシを引き抜いた。唇をつつくようなキスをして、また歯ブラシを志磨に咥えさせる。

「じゃあ、朝食を用意しときますね」

「——」

日常のなかに、こんなふうに頻繁に非日常が挟みこまれる。

志磨は眉間の皺を深くして、口を漱ごうと鏡のほうへと向きなおった。

そして、殴られたみたいに赤くなっている自分の顔を目にする。

なにもかも不利すぎる。

榮枝十李に迫られて、女はもとより男でも、落ちないでいられる人間などいるのだろうか。

少なくとも志磨はこれまで同性に恋愛感情をいだいたことも性的興奮を覚えたこともなかったが、それでも十李から惜しみなく与えられる甘さと快楽に、不覚にも蕩《とろ》かされてしまう。

しかし同時に、いたたまれないような心地悪さも際限なく嵩んでいた。

十李にこんなふうに扱われて、それを当然のこととして享受できるのは、果たしてどのような人間なのだろう？

口を漱いで、顔に水を叩きつける。

鏡のなかの、まだ眸を潤ませている自分に叱責のまなざしを向ける。

「それがお前じゃないのは確かだ」

一緒に登校したがる十李を今日も宥めすかして、彼より一本遅い総武線《そうぶせん》に乗った。ひと駅で降りて、駅の改札を出たところで背後から肩を叩かれた。

「志磨くん、久しぶりじゃないか」

振り向いた志磨は、二十代後半のスーツ姿の男を目にした瞬間、全身を強張らせた。

眼鏡の奥から不躾《ぶしつけ》な視線が、志磨の頭のてっぺんから足の爪先までをひと舐めする。

「ずいぶんと派手になったね。いま同じ車両にいたんだけど、本当に志磨くんか悩んだよ。

でもこれで間違いないかと思ってね」

そう言いながら、男が人差し指で顎のホクロに触れてきた。

いまの自分なら、その手を払い除けるのが普通だ。……けれども、この男相手には、それができない。

それをいいことに、男がホクロを嬲《なぶ》るように指先を蠢かせた。

「三年半ぶりだね。前とは違って元気そうで嬉しいよ」

消し去りたいことがずるずると芋蔓式《いもづるしき》に甦ってきて、志磨は深く項垂れる。吐き気がこみ上げる。

すると男が耳に口を寄せてきた。

「案外、見た目ほどは変わってないのかな？」

その言葉がズシンと胸に響いた。

「俺は――」

なんとか声を絞り出そうとしたとき、顎にかかる男の手が激しく弾かれた。

志磨は横に立った人へと視線を跳ね上げた。

「十李…」

一本前の電車に乗ったはずの彼が、どうしてこの場にいるのか。

険しい表情で、十李が男を睨み、問う。

「あなたは？」

「東京大学附属病院で研修医をしてる二階堂《にかいどう》という者だよ。君のほうこそ誰だい？」

「榮枝十李。志磨先輩の後輩です」

「ああ、医学部生なのか。あそこの」

軽んじるニュアンスが能面のような顔に滲む。

「先輩と、どういう関係なんですか？」

「僕は志磨くんの元家庭教師だよ。浪人時代三年間のね」

思い出し笑いが、その薄い唇に浮かぶ。

「あの頃の志磨くんはもっとこう――」

志磨は十李の手首を摑みながら、「急いでるのでっ」と二階堂に告げて、走りだした。

信号に捕まらずにすみ、キャンパスまで一気に駆けた。

校舎の壁に背を預けて肩で息をする志磨に、十李が苦々しい声で訴える。

「あんな奴が先輩に馴れ馴れしくして、胸糞《むなくそ》悪いです」

いまだに十李の手首を摑んだままだったことに気づいた志磨は、慌てて手を離した。

「お前、なんであそこにいたんだ？」

十李がまるで悪戯がバレた子供みたいに宙に視線を泳がせる。

「トイレに寄ったんです」

「一緒に登校したくないって先輩が我儘《わがまま》を言うから、仕方なく待ってただけです」

「嘘だな」

今度は開きなおる。

この様子だと、いつも一本遅い電車で着く志磨を待ってから、キャンパスに向かっていたのだろう。

呆れつつも、今日ばかりはそれを詰る気になれなかった。

「ありがとうな。助かった」

「先輩が素直だとか、熱でもあるんですか？」

そう言いながら、額に額をくっつけてこようとする十李を、志磨は両手で退ける。

「外でなにする気だ」

「じゃあ、今夜、家で続きをしましょう」

「しない」と速攻で返すと、十李が楽しそうに笑う。

それにつられて顔を緩めかけた志磨は、しかし二階堂の言葉を思い出す。

『案外、見た目ほどは変わってないのかな？』

この三年半、髪の色を変えて、ピアスを開けて、自分ではかなり変われたつもりでいた。

けれども繰り返し見る悪夢といい、やはり自分はいまでも雁字搦めになっているのだろう。

あの頃のことを思い出すだけで、呼吸がうまくできなくなる。

俯いて喘《あえ》ぐと、十李が背中をさすってくれた。

明日までのレポートを忘れていたと言うので、二年のころのノートとレポートを貸してやったのだ。

風呂から上がると、十李が感心した顔でそう言ってきた。

「志磨先輩って、すごくマジメですよね」

「ノートが綺麗で、レポートも完璧じゃないですか。……やっぱり志磨先輩は、俺が思ってたとおりの人です」

志磨は濡れ髪をタオルで掻きまわしながら、ローテーブルの前で胡坐をかいてノートパソコンのキーボードを打つ十李をじっと見下ろした。

十李はときおり、違和感のあることを口にする。

この髪色とピアスは、一般の大学生では珍しくもないだろうが、医学部ではあまり見かけない。だから、それだけで不真面目でチャラいという記号になるはずなのに、十李はそのように受け止めていなかったわけだ。

いったい自分のどの部分を見て、すごくマジメだと思っていたのだろうか？

首をひねりながらカウンターで仕切られているキッチンスペースに行き、冷蔵庫を開ける。

ミネラルウォーターのペットボトルを取り出すとき、改めてまじまじと冷蔵庫のなかを見た。

二ヶ月前までは缶チューハイと、よくて卵ぐらいしかはいっていなかったスリムな冷蔵庫のなかは、食材や食品保存容器でいっぱいになっている。

「十李って、確か高校までは実家暮らしだったんだよな？　料理はひとり暮らし始めてからやるようになったのか？」

十李の背後のソファに座りながら尋ねる。

「実家にいたころからやってましたよ」

キーボードをリズミカルに叩きながら十李が続ける。

「俺、一年半ぐらい不登校だったんですよ。中学のとき」

思わず、やわらかい色合いの後頭部を凝視する。

不登校という言葉にこれほど縁遠そうな人間はいない。

「親は共働きで、時間ばっかりあったから妹に飯を作ってやったりしてるうちに、得意になってたんです」

「そう、だったのか」

榮枝十李の情報は山のように出回っているものの、それは初めて知ることだった。

「……大変だったな」

「ええ。大変でした」

特別なことを話しているふうではない、いつものトーンだ。

「そういうの――不登校とか、いまはもうなにも引きずってないんだな」

キーボードを叩く音が止まった。

「消えてませんよ」

「え…？」

「不登校になった理由も、その頃の気持ちも、きっと一生消えないし、俺は忘れません」

向こうを向いたまま十李が続ける。

「ただ、俺はそのことで未来まで囚われたくないって思ったんです。だからちゃんと決着をつけようと決めて、行動してきました」

「決着は、つけられたのか？」

「まだです」

「そうなのか」

自分は十李の表層的な部分しかわかっていなかったのだ。

彼の眩しさにばかり目が行って、その奥にあるものを見ようとしてこなかった。

『わからないなら、俺のことをちゃんと全部、知ってください。俺のことを知りもしないで突き放すなんて、絶対に許しません』

自分が関心を持って問いかければ、十李はたぶんどんなことでも答えてくれるのだろう。そう自然とわかった。キーボードを打つ指を止めたまま、志磨が踏みこんでくるのを待っている。焦燥感に鼓動が速まる。

今朝、二階堂に遭遇したあと、弱っている自分の背中をさすってくれた手が妙にありありと思い出された。

志磨は目の前にある背中に手を伸ばしかけ——それを拳で封じた。

長い沈黙ののち、十李が溜め息をひとつついて、ふたたびキーボードを叩きはじめる。

志磨はソファから立ち上がると、隣の部屋へと逃げた。寝室にしているその部屋には、セミダブルのベッド一台と寝袋が置かれている。寝袋は、ソファで寝るのがつらくなった十李が持ちこんだものだ。

スチール製のレトロなペンダントライトの、ナツメ球だけは点けておく。幼いころから、真っ暗だと眠れない。

ベッドに横になって目を閉じる。

——眠りたくないな…。

眠れば、きっと悪夢を見る。

十李はこの部屋で寝袋を使うようになってからこちら、志磨が魘されていればかならず起こしてくれる。そもそもは十李と出会ったのを境に悪夢の頻度が上がったのだから、プラマイゼロなのだが。

今日は一日、二階堂との再会のショックを引きずって過ごしたが、いまは十李が不登校であったという告白のほうが頭を大きく占めていた。

中学生の十李にいったいなにがあったのか、気になって仕方がない。

尋ねれば、十李は教えてくれたに違いない。彼の背中は踏みこまれるのを渇望していた。あの背中に触れることができれば、それだけで自分たちの関わりは大きく変わったのではないか。

けれども、踏みこめなかった。

踏みこむには、こちらもそれだけ深く踏みこまれることを覚悟しなければならないからだ。その覚悟はどうしてもできない。

……自分が過去の疵《きず》を十李に打ち明けることは、絶対にない。

むしろそれを、誰よりも十李にだけは知られたくないと強く思ってしまっていた。

閉じこめられている。

ここは実家の二階にある子供部屋だ。

学習机も棚のうえに置かれた地球儀も、本棚に並べられたさまざまな図鑑や辞書も、小学生のころから見慣れたものだ。

息が苦しい。

吸っても吸っても、酸素が肺から取りこまれない。

頭がキンと冷えて、耳鳴りが大きくなっていく。

いつもの発作が起こる前に、ここから逃げ出さなければならない。

けれども、閉じこめられているから、逃げることができない。

ドアから出ても窓から飛び降りても、この部屋に戻ってきてしまうのだ。それを知っているから、部屋の真ん中に立ったまま一歩も動くことができない。

いよいよ息が苦しくなって発作から身を守ろうと、志磨はしゃがみこむ――と同時に、部屋の床が抜けた。

瞬きをすると、駅のホームに立って線路を見下ろしていた。

あのレールの先は、子供部屋に繋がっている。

がっちりと定められた二本のレールを見ているだけで、また息苦しさがどんどん増していく。

レールはまるで刃物のようにギラついていて、触れるだけで身体がズタズタになりそうだ。

――そうしたら、もうあの部屋に戻らなくてすむんだ。

線路に吸いこまれるように飛び降りる。電車が突進してくる。

ぶつかる寸前に目を閉じると、自分はまたホームに立っている。

いまにも心臓が肋骨《ろっこつ》を割って飛び出しそうだ。人の流れに押されるままに電車に乗りこむ。たまたま空いた席に座り、環状線を延々と回りつづける。降りるわけにはいかない。

降りたら、そこは子供部屋なのだ。

逃げられない失意に視界が昏《くら》くなっていくなか、それは起こる。

自分は出来損ないで、卑怯な人間なのだ。

その絶望感に悲鳴をあげる――――。


「先輩っ……志磨先輩」

肩を揺さぶられて、パッと目を開く。

ナツメ球の薄い光が、ベッドの縁に腰かけた十李を照らしている。

また悪夢に魘されているところを起こしてもらったのだ。心臓が揺《す》り潰されたように痛んでいて、志磨は目をきつく眇める。

「……いつも、どんな夢を見てるんですか？」

十李が苦しそうに続ける。

「先輩は、なにをかかえてるんですか?」

悪夢の内容は、これまで誰にも話したことがない。もし話すことができたら、少しは楽になれるのだろうか。

志磨は朦朧《もうろう》としたまま口を開きかけ――、唇をきつく嚙《か》み締めた。

――やっぱり絶対に知られたくない。

惨めな本当の自分を晒すことなど、できるわけがない。

十李のように自分は強くない。

過去の疵に決着をつけるどころか、まともに向き合うことすらできていないのだ。

いつかあの悪夢に追いつかれ、呑みこまれるのではないかという恐怖に身動きできない。

――俺はまだ、あの子供部屋に閉じこめられてるんだ。

「俺に話してください」

自身が不登校になった過去を話したのだから、志磨にも弱みを晒せというつもりなのか。

志磨は十李を睨みつける。

「お前といると、苦しくなる」

十李のようでない自分に失望する。

十李という光が強ければ強いほど、自分の影がドロドロと濃くなっていくのを感じる。

彼の眸の色は、過去の過ちを思い出させる。その眸で見詰められていると、罪を掘り起こされて糾弾されている苦しさに襲われる。

「俺のせい、ですか？」

「そうだ」

ショックを受けるかと思ったが。

「そうですか」

十李が志磨の両脇に手をついて、上体を伏せる。覆い被さりながら囁く。

「もっと、苦しんでください」

その表情と声の甘さから、聞き間違いをしたのかと思う。

額に額が当たった。十李の吐息が唇にかかる。

「もっともっと、俺で先輩を満たしてください。俺のことをなにもかも知りたくてたまらなくなってください」

鳥肌がたった。彼の両の肩口を掌で押そうとすると、十李が小首を傾げて微笑んだ。

「家で続きをしようって、約束しました」

今朝、二階堂に捕まっているところを助けられたのだ。もし十李が現れなかったら、自分はどうなっていたのだろう。あの頃と同じように、二階堂に支配されていたのだろうか。

十李に唇を啄《ついば》まれると、とたんに後頭部が甘く痺れる。

――どうせ支配されるなら……こいつのほうが、いい。

そう思ったら身体から力が抜けた。

短く何度も唇を重ねられるたびに、痺れが身体のあちこちへと飛び火していく。いつしか、十李の肩に指を食いこませていた。

スウェットの裾からもぐりこんできた手に、胸をまさぐられる。肩をすぼめて胸をへこませるのに、執拗に撫でまわされて乳首を勃たされた。粒を指でさすられただけで、身体がビクンッと跳ねる。

「ここ、本当に弱いですね」

「…そうでもない」

「ふーん」

手が胸から這い下りて、スウェットパンツのなかへと侵入する。下着のうえからすでに腫れているペニスをなぞられた。布越しにやんわりと先端を握られると、先走りが下着に染みるのがわかった。

「う…」

もう何度、十李の手や口に精液を放っただろうか。

確実に与えられる快楽を、身体はすっかり覚えこんでしまっていた。

たぶん自分から口を開いたのだと思う。十李の舌でいつの間にか口腔を満たされていた。のたくる舌を舐めてやると、覆い被さる十李が大袈裟なほど身体を震わせる。その反応に頭の芯が煮えた。

志磨の口から舌を抜くと、十李が下へと身体をずらした。

スウェットパンツと下着を腿《もも》の途中まで下ろされる。ぐしょ濡れになっている茎を、ナツメ球の光に薄っすらと照らされる。

十李の口がぽっかりと開かれる。

「――……っ、ん」

含まれたとたん、ペニスが大きくくねった。

上目遣いにこちらを見る二重の目が、とろりと微笑む。

すでに志磨の弱いところを熟知している十李は、たまに甘噛みをして煽ったり、少し意地悪くじらしたりしながらも、最大値の快楽を引き出して射精へと導いてくれる。

今夜もそうだった。

口で受け止めたものを飲みこんだ十李が、ひどくつらそうな表情でベッドを降りようとした。

いつものようにトイレで自身の欲望を処理するつもりなのだ。

「――」

考えるより先に、志磨は十李の腕を摑んで引き留めていた。

十李が切羽詰まった顔で訴える。

「もう……出そうなんです」

ゾクリとして、いまさっき達したばかりなのに腰が重苦しくなる。

「ここで、出せばいいだろ」

力いっぱい腕を引っ張ると、十李がベッドに尻餅をついた。その下腹部に手を伸ばす。

布越しにも強張りきっているのがわかった。ぎこちなく掌でそれをさする。

――熱くて……でかい。

掌がドキドキする。

「先輩の、…」

十李の呟きに、露わになったままの自分の下腹部を見下ろす。

茎がむくむくと腫れて、頭を高々と上げていく。

同性の性器に触って誤魔化しようもないほど反応していることに、志磨は驚きとともに羞恥に駆られた。

「これは……」

意味のない言い訳をしようとすると、十李に両肩を摑まれて、押し倒された。

「嬉しいです」

十李がもがくようにして衣服を下ろし、体重をかけて抱きついてきた。

「ぁ…」

じかにペニス同士が触れあう感触に、志磨は目を見開く。痛いほどの強烈な痺れがそこから身体中に響く。

耐えがたさに身じろぎすると、さらにきつく抱き締められた。

「すみません……俺、もう…」

耳元で上擦った声に囁かれる。

十李が腰を揺らしだす。

「は…、ぁ…、先輩——志磨、先輩…」

喘ぎ交じりに名前を呼ばれて、身体の芯がわななく。

重なっているふたつのペニスから大量の先走りが漏れて、ぬるぬると滑る。強張りきった裏筋がこすれては逸れるのがもどかしすぎて、志磨もまた腰を揺らす。

「先輩……せん、ぱ…っ、ぁ、ああ、ぁ」

十李の身体がガクガクと躍った。

熱くて濃い粘液が繰り返し放たれて、志磨のペニスにかけられる。

「ん——ん」

志磨は足の爪先を丸めて脚を突っ張らせた。

そして果て終えたばかりの十李の下で、二度目の吐精に身震いする。

身体を繋げるセックスをしたわけではないのに、これまで感じたことのない、脳も背骨も液状に蕩けるような感覚に、十李のTシャツの背中をぐしゃぐしゃに握り締めて、しがみつく。

朦朧とした顔で十李が顎に唇を押しつけてくる。

ホクロをきつく吸われて、志磨はヒクつくペニスから残滓をとろりと漏らした。

5

七月のなかばを過ぎても、梅雨が明ける気配はない。

そんなじっとりした空気も、連日の夏季試験も、貫井のテンションを下げることはできないようだ。イタリアンバルに浜野真由《はまのまゆ》がはいってくると、貫井は勢いよく立ち上がって大きく手を振った。

「マユユ、こっちこっち！」

浜野真由、ことマユユが可愛らしい小走りでテーブルに来る。

「ごめんね、大くん。遅くなっちゃって」

「全然、大丈夫だって」

笑いあうふたりの右手の薬指にはお揃《そろ》いの指輪が光っている。

「門宮先輩、お邪魔します」

マユユがちょこんと頭を下げて、貫井と並んで椅子に座る。

志磨はふたりを眺めて、感想を述べる。

「すでにワンセット感がすごいな」

すると語りたくてたまらない様子で貫井が語りだした。

「マユユの誕生日が七月十日で、俺の誕生日が十一日。だから先週末はホテルに連泊して、祝いっこしたんだよな。俺からはこのペアリング、マユユはこのスマホケースをくれたんだ」

ふたりが芸能人の結婚会見みたいに、向かいの席の志磨に手の甲を向けて指輪を見せる。マユユが「ありがとう、大くん」と目をキラキラさせながら言えば、貫井が「どーいたしまして」と照れながら返す。

「もしかして俺は、お前たちのノロケと誕生祝いのために呼ばれたわけ？」

志磨は頬杖をついて大袈裟に呆れ顔を作って、からかう。

「誕生日だったってことは、マユユ、二十歳になったんだ？」

「はい。成人しました。お酒も飲めるようになりました」

去年、マユユが新入部員としてサークルにはいってからずっと、貫井は彼女が酒を口にしないように気を配ってきた。たちの悪いＯＢがいるから、彼らが参加するときは特に厳重にガードしつづけてきたのだ。

マユユのほうは三浪で年の離れている貫井のことを初めのうちはかなり警戒している様子だったが、貫井が大切にしてくれていると気づいて、交際にいたったらしい。

マユユのどこかまだ少女っぽさがあるつるんとした顔を、志磨は眺める。

――そうか。十李と同い年か。

十李の完成度が高すぎるせいであまり意識していなかったが、彼も成人したばかりだったのだということを、いまさらながらに実感する。

「俺は二十五歳になったぜ。門宮は秋だっけか？」

貫井が、店の自家製サングリアをマユユのグラスに注ぎながら訊いてくる。

「九月十八日。おとめ座な。ちゃんと祝ってくれよ」

すると、貫井がにんまりとした。

「またまた。祝ってくれる子いるんだろ。ここんとこサークルのほう全然顔出さねぇし、なんかこう——ツヤツヤしてんじゃん」

マユユが大きく頷く。

「前はちょっとだけ怖い感じでしたけど、いまは艶《つや》やか、みたいな？」

「艶やかって、エロくないか」

「やだ、大くん。ツヤツヤと同じだよ」

貫井がサングリアを口にして、ふと思案顔になる。

「でも五歳違いってことは、俺たちが高三のときにマユユは中一だったのか。そう考えると、なんか犯罪くさい？」

その言葉に、志磨は中学一年の十李を思い描く。そうとうな美少年だったに違いない。

——……中学のとき不登校になったって言ってたな。

いじめにでも遭ったのだろうか。想像するだけで胸が痛む。

料理とノロケ話をたらふく摂取して、食後のコーヒーを啜《すす》っているとき、ふと思い出したようにマユユが訊いてきた。

「そういえば、門宮先輩って榮枝十李さんと親しいんですか？　あの去年のミスターコンテンストの準グランプリの」

「え、なんで？」

「サークルの子がふたりが一緒に歩いてるの見たって。夜に新宿御苑《しんじゆくぎよえん》のほうで」

おそらく、バーテンダーのバイト先から、出待ちしていた十李とマンションに帰るところを目撃されたのだろう。

貫井が目くじらをたてて、拗ねた声を出す。

「マユユ、準グラ男に興味あるんだ？」

「えっ、そんなんじゃないよ。友達が、榮枝くんの大ファンなだけだよ。もし門宮先輩が親しいなら、もしかしたら友達に紹介してもらえないかな、なんて思って」

「ふーん」

「ほんとだってばぁ」

軽い痴話喧嘩《ちわげんか》でじゃれあってから、貫井が思い当たったような顔つきになる。

「そういや、榮枝がこっちを見てたことあったよな。けっこう何回も——あれって、お前と知り合いだったから？」

「……知り合いってほどでもないんだけどな」

「なんだよ。言えよ。てっきり俺に微笑みかけてくれてるのかと思ってた」

「大くん？」と、肘でマユにつつかれて、嫉妬されたことに貫井が大喜びする。

——見てらんねぇな。

友達の浮かれっぷりに苦笑しつつ、我が身を振り返る。

もしマンションに隠しカメラでも設置されていたら、十李と自分の甘ったるくて、淫らな姿が胸焼けするほど記録されていることだろう。

今朝も家を出る前にキスをした。昨夜は互いのものを一度ならず果てさせた。志磨はまだ口を使ったことはないが、試してもいいような揺らぎが芽生えかけていた。もし口でしたら、十李はどんな反応をするだろう……。

けれど、そうやってどんどん線を崩していって、どうなるのかとも思う。

同性であるという抵抗感は十李に対しては失われているものの、性別の問題ではなく、自分が十李にふさわしい相手だとは、どうやっても思えない。

むしろ十李に照らされるほど、刻みこまれた自己否定がくっきりと浮きたってくる。

不登校だったこと、いまだにそれを引きずっていることを打ち明けられても、近づけた気はまったくしなかった。

——あいつには過去の疵に立ち向かうだけの強さがある。俺は……逃げることしか、考えられない。

重たい気持ちになっていると、マユユが化粧直しに席を立っているときに貫井が難しい顔つきで言ってきた。

「試験地獄明けの今週末の飲み会、笹本《ささもと》先輩たちが参加するってよ」

志磨も思わず顔を曇らせた。

笹本というのは志磨たちが大学一年のときに六年生だったサークルの先輩で、卒業後も飲み会に来ては、狙った女子を泥酔させて連れ去ろうとするのだ。

志磨たちの入学前には、笹本とその仲間に乱暴されてサークルを辞めた女の子が複数いたという話もあった。被害者が訴えなかったこともあり、真偽不明の黒い噂として語り継がれているのだが。

「ユカユカ、狙われてんじゃないかと思うんだよな。前にもあっただろ。泥酔させられたこと」

「ああ」

「あの時は、お前がお持ち帰りしたけど」とふざけかけて、貫井が眉をハの字にした。

「ユカユカにしても、笹本先輩たちに泥酔させられてお前に持ち帰られたほかの子たちにしても、みんなお前を好きになってるもんな。変なことしてないって俺はちゃんとわかってるぜ」

どうしてもいったんバイト先に寄らなければならず、少し遅れて顔を出したサークルの飲み会――場所はいつもの和風居酒屋だ――には、貫井が言っていたとおり、笹本と彼の取り巻きふたりが参加していた。

笹本は付属高校の推薦枠で医学部に進学したのだが、彼の親族には大物政治家もいて、学校に多額の献金や各種便宜を図っているそうで、推薦枠も買ったものだろうとまことしやかに囁かれていた。

そしてそれがおそらく正解であることを志磨は知っている。

なぜなら、笹本から言われたことがあるのだ。

『お前、門宮総合病院の息子なんだってな。しかも三浪とか。そっちも、そうとう金積んだんだろ?』

どうせ否定したところで、笹本が信じるつもりがないのは知れた。だから、志磨はなにも答えずにやり過ごした。

医学部六年は、病院実習に卒業試験と国家試験で忙殺されるため、笹本がサークルに顔を出すことは滅多になかった。

笹本とその仲間がいなければ、サークルは緩くてまったりとした居心地のいいところだった。

しかし卒業した笹本たちがOBとして飲み会に参加するようになると、その度に誰か女子がターゲットにされて酒を飲まされた。笹本たちを表だって止める者がいなかったのは、彼の機嫌を損ねれば、どんな圧力をかけられて医師としての将来を潰されるか知れなかったからだろう。

志磨は、ターゲットにされた女子を毎度のように連れ出した。

それで笹本から目の敵にされたものの、そうせずにはいられなかった。

純粋な正義感からではない。

贖罪《しょくざい》の念に衝き動かされてのことだった。

そんなことをしても過去の自分の過ちは消えないとわかってはいる。自分の本質は、卑怯な出来損ないなのだ。

「ユカユカぁ、大先輩の酒が飲めないのかー?」

笹本の取り巻きに左右を固められているユカユカは、すでにかなり酔っているようだ。

正面には笹本が陣取り、にやついている。

近くの座卓についている貫井とマユユは、心配顔で様子を窺《うかが》っていた。

志磨は座敷への上がり框《かまち》に近いところに座った。ここならばいざというときに対応しやすい。前回そうしたようにユカユカがトイレに立ったときが、保護する狙い目だ。面と向かって笹本たちに抗議して対峙《たいじ》しないのは、保身だ。だから、ここにいて見て見ぬふりをしているほかのサークルメンバーのことを、志磨はなにも言えない。

しばらくすると、ユカユカがふらつきながら立ち上がった。

しかしすぐに笹本の取り巻きふたりも席を立ち、ユカユカのあとを追う。まずい展開だ。

志磨も上がり框から通路に下りて、暖簾《のれん》で区切られたエリアに向かう。

ユカユカは笹本の取り巻きたちに両腕を摑まれて、男子トイレに連れこまれそうになっていた。

「や…離して……」

腰を落として抵抗する彼女を、男たちがずるずると引きずる。

頭のなかで、なにかが破裂した。

気が付いたときには、志磨はユカユカを抱き締めて、彼らから引き剝がしていた。

「ちょっと、どういうつもりなのかなぁ、門宮ちゃん」

背後から声がする。見れば、笹本が暖簾をめくって顔を出していた。

「まさか、まぁた邪魔してくれちゃうの？」

酔いと発情に、笹本の声は濁っている。

無言で睨み返すと、苛立った笹本が床を踏み鳴らして近づいてきた。

「潰すぞ？　医者になれなくしてやる」

心臓がぎゅうっと縮こまってから、強く打った。志磨は低い声で返す。

「いいですよ、別に」

「はぁ？　三浪もしてしがみついた奴が格好つけんなよっ」

威迫してくる笹本に告げる。

「俺は、俺の意思で医学部にはいったわけじゃないんで」

それは本当のことだった。口にしてから改めて思う。

いっそ、生まれたときから定められていた医師の道を潰してもらえたら、自分は本当に自由になれるのではないだろうか。

――俺は、不自由なままなんだ。昔と変われてない……。

笹本に視線で指示されて、取り巻きたちが摑みかかってくる。ユカユカをガードしながら志磨は怒鳴った。

「ここで騒ぎになって困るのは、そっちだぞっ！」

すると、その声を聞きつけたのだろう。店員たちがなにごとかと様子を見にきた。

さすがにこの状態でユカユカを奪取することはできず、笹本たちは激しく舌打ちすると、志磨を睨みつけながら撤退《てったい》した。

志磨は歩くのも覚束ないユカユカをなかばかかえるようにして、店をあとにした。

しかし彼女はアパートの一階でひとり暮らしをしていて、住所を笹本たちにも知られているため、このまま家に送っても不安が残る。かといって、志磨の家には十李がいるため、連れ帰ることもできない。

「きもち、わる、い…」

ぐったりしながら呟く彼女の顔色はひどく悪かった。

とりあえず血中アルコール濃度を下げるために水を飲ませて、横にならせてやりたい。ちょうど道なりにあったラブホテルへとはいった。ラブホテルとはいっても、特にコンセプトもないシンプルな部屋で、申し訳程度に避妊具やアダルトグッズを詰めこんだ自販機が隅に置かれていた。

彼女の介抱をしてベッドに寝かせると、志磨はソファに横になった。

ずっと、キーンと耳鳴りらしき音が聞こえている。

医学部を中退する。

その選択肢はずっとあったはずなのに、それを直視したのは今日が初めてだった。

考えようとすると、どんどん動悸《どうき》が激しくなって、次第に呼吸するのが困難になっていく。なかば窒息するようにして、志磨は意識を手放した。

……なにか、ひどくやわらかいものが手に触れていた。重たくて、それに指先が沈んでいく。唇にもやわらかな重たさを感じる。

すっかり馴染んでいる十李の唇ではない。

「ん──」

重い瞼を上げると、焦点が合わないほど近い場所に人の顔があった。

唇が離れて、大きな目が印象的な顔が現れる。

「起こしちゃいました?」

手を彼女の胸に押しつけさせられていることに気づき、慌てて手を退く。

「なに──」

ユカユカが抱きついてきた。

「好きです。門宮先輩のこと、大好きなんですっ」

まだ耳鳴りが続いていて、重苦しい頭痛がある。そのせいで、いつものように軽くいなせなかった。

ふたたび唇を奪われる。

最近味わっていなかった、女の子特有のやわらかさに圧し潰された──。

昼過ぎにラブホからマンションに戻って、志磨はベッドに倒れこんだ。十李は出かけているらしい。スマホには彼からのメッセージや電話の着信履歴が十数件残っていた。

医学部中退のことを考えると、解放感とともに、底なし沼に沈んでいくような不安感が押し寄せてくる。けれども、それが正しい答えなのだ。

——それですべてが解決する。

重い頭を枕に沈めてうつらうつらする。

ふいに、耳元でバチンッという凄まじい音がして、志磨は睫毛を跳ね上げた。

十李が腹のうえに跨《また》がって、こちらを見下ろしている。その右手には、四角いプラスチック製の器具が握られていた。それは以前に自分でも使ったことがあったから見覚えがある。

痺れている右耳に触れてみる。

「……っ、勝手に、なにして」

装着されたばかりの小さなボールピアスを確かめながら眉を歪《ゆが》めると、十李が左耳のピアスに触れてきた。

「こっちは守る人」

次に右耳に触れてくる。

「こっちは守られる人」

十李の顔は薄く笑んでいるけれども、眸は憤りの強い光を帯びていた。

「左はノンケで、右はゲイとも言われてますね。男にも女にも尻軽な志磨先輩は、どっちにも開けないといけないでしょう」

この様子からして、志磨がひと晩女の子といたことを十李は摑んでいるのだろう。

「俺は――」

女の子のふわふわとしたやわらかさが思い出される。

気持ちよかった。けれども、それが性的興奮に至ることはなかった。

前までは確かに異性にいだいていた欲求が、どうしても湧き上がってこなかったのだ。

ユカユカは気を使っていろいろと話しかけてくれて、途中からは彼女のお悩み相談になった。

ホテルを出るとき、インカレサークルを続けるかどうかの話になり、彼女は辞めるという決断を下した。笹本のこともあるが、最大の理由は『ちゃんと失恋できたから』だという。彼女がサークルにはいった当初から――志磨が門宮総合病院のひとり息子だと知る前から――好意を寄せてくれていたことを、志磨はその時になって初めて知ったのだった。

右のピアスをいじられ、できたての疵に痛みを覚えて我に返る。

「女のこと考えてましたよね？」

「……」

「先輩のサークル仲間から聞きましたよ。泥酔させられた女の子をたちの悪いＯＢから助けたって」

十李が苦々しい顔で「女なら助けるんですね」と呟く。

女相手なら下心で助けるとでも言いたいのだろうか。

「――してない」

本当のことを告げる。

「ラブホには行ったけど、できなかったんだ」

十李の眸が鋭く光る。

「勃たなかったってことですか?」

男としての自尊心が傷つくのを覚えながらも頷く。その告白で十李が怒りを収めてくれるだろうと踏んだのだが。

しばし沈黙したのちに、十李が押し殺した声で呟いた。

「本当に、俺以外の奴とやろうとしたんだ……」

まるで浮気をしたかのような詰り方をされて、志磨は反発を覚える。

「俺たちは別に付き合ってるわけじゃないだろ」

そう言いながら、右耳からファーストピアスを外そうとすると、両手首を摑まれて、マットレスに押さえつけられた。

「放せ」

「放しません」

勝手すぎる十李を睨め上げた志磨は、大きく瞬きをした。

きつく眇められた目に、いまにも零れそうなほど涙が溜まっている。まるで激しい苦痛に耐えているかのようだ。

「十李……」

血が滲むほど下唇を噛み締めてから、十李は吐き出すように宣告した。

「二度と、ほかの男とも女とも、やろうと思えなくしてあげます」


抵抗感は、あった。

これまでキスや相互自慰、十李からフェラチオをされるところまでは、なかば流されるように受け入れてきたけれども、そこから先となると話は別だった。

全裸で、うつ伏せに腰だけ上げる姿勢で、潤滑ゼリーがたっぷりついたコンドームを被せた指で後孔の襞《ひだ》をいじられれば、自然と腰が逃げを打つ。

「そこは――嫌、だ」

訴えると、背後から十李が覆い被さってきた。彼も全裸だから素肌がじかに重なる。その感触と彼から漂う甘い香りに包まれ、志磨は眩暈《めまい》を覚えた。

下腹部に手を差しこまれて、ペニスを握られる。

「こんなにして、どこが嫌なんですか？」

根元から先端までゆるゆると扱かれる。それは長々と反り返り、先走りで濡れそぼっていた。

「ん……、ぁあ」

ペニスに気を取られているうちに、後孔に指を一本つぷりと挿れられた。体内がきゅうっと締まる。

惨めなような情けないような気持ちが、どうしようもなく湧き上がってきた。

粘膜のなかで指が関節を深く曲げ、くにくにと壁を探る。

「っ…う」

志磨の身体がビクンと跳ねると、十李は息を震わせて、その腹側の一点をコリコリと指先で嬲った。そうしながら亀頭をいじられると、まるで生殖器を丸ごと揉《も》みしだかれているかのような強烈な快楽に貫かれた。

「や、め——やめろ、っ」

後ろに手を伸ばして十李の手を掴むと、ずるりと体内から指が抜けた。しかしすぐに、今度は倍の太さになって指がなかに戻ってきた。薄いゴムのなかで二本の指が蠢き、さっきの快楽の凝《ここ》りを挟むようにする。

「わかりますか？　なかが波打ってますよ。戸惑ってて、可愛い」

言葉でまで屈辱感を煽ってくる十李を横目で睨む。

「嫌がらせできて——満足か？」

すると十李が頬にキスをしてきた。

「先輩が大好きなだけです」

あまりにストレートすぎて、鳥肌がたつ。

十李が吐息で笑う。

「いま、すごく締まりましたよ」

運命だのひと目惚れだの大好きだの、十李の並べたてる胸焼けする言葉の数々を、そのまま受け入れているわけでは決してない。

それでも身も心も反射的に反応して、朦朧となってしまう。

十李はまるで強い麻薬だ。その麻薬で、支配してくる。

——俺は支配されるんだ……いつも。

体内の指を三本に増やされて、志磨は楽になりたいあまり、ついている膝の幅を無意識のうちに広げる。ギチギチと指が開かれ、粘膜を拡張する。

「う…ぁ…」

「ひ…ぁ」

志磨は口から唾液を溢れさせた。

「志磨先輩」

息を乱しながら、十李が背中にふたたび被さってくる。

内腿に、強張りきった熱いものを押しつけられる。

「俺のも、こんなになってるんです」

「――」

「もう、苦しくてたまりません」

なまじ同性なだけに、その破裂しそうな苦しさがありありとわかって、志磨は身震いする。

脚のあいだから指を抜かれて、身体を仰向けにされる。

十李がコンドームを装着する姿を見ていられない。身体中がドクドクして、緊張に指先が震える。

――たかがセックスだ。

大学生になってから初めてのセックスを経験して、それから何人もとしてきた。まともに付き合うのは避けてきたため、あくまでセフレや単発での関係だったが。

それなのにいま、初体験のとき以上に、どうしていいのかわからない惑乱状態に陥っていた。

自分が抱かれる側だからなのか、相手が十李だからなのか――それとも、この一線を越えたら後戻りできないような予感があるせいなのか。

膝裏に手を入れられて、脚を持ち上げられる。

志磨の左膝を、十李が注視した。

「雨の日、左脚を痛そうにしてたのはこれですか」

膝の周辺には薄っすらとだが、いくつもの手術痕が残っている。

十李が目を凝らし、膝の周りの三ヶ所の痕に舌で触れた。

「これは前十字靱帯《ぜんじゆうじじんたい》の再建ですよね？」

無視しようとしたが、膝を舐めまわされるこそばゆさに耐えられなくなる。

「小学三年のとき……車に轢《ひ》かれた」

風が強い雨の日だった。通っていた附属小学校から最寄り駅までの帰り道、信号無視の乗用車にはねられたのだ。

父親からは、青信号だからといって自分の目で周りを確認してから渡らなかったお前が悪いと冷たく言い放たれた。

いつもはちゃんと確認しているけれども、あの時は風に身体を飛ばされないようにするので精一杯だった――そう言ったところでよけいに冷たい目で見られるとわかっていたから、なにも言えなかった。

父は常に、冷徹なまでに正しい。

その冷徹さを自分自身にも課し、実行している人だ。門宮総合病院の繁栄は、順当な結果なのだ。

「そうだったんですか。でも全力疾走もできるし、腕のいい医師に手術してもらったんですね」

これ以上、もうなにも思い出したくない。

志磨は、宙に掲げられている脚を、みずから開いた。

引きつけられたように十李の綺麗な灰褐色の眸が、晒された狭間へと向けられる。

羞恥に内腿が引き攣《つ》って、後孔がわななきだす。

まるで宥めようとするかのように、十李がそこを亀頭で撫でる。

「……で」

「はい？」

顔に斜めに腕を当てて、呟く。

「お前で、いっぱいに……しろ」

家族のことも過去のことも、いまだけでいいから忘れたい。みっしりと詰まっている自己嫌悪の澱《よど》みを、十李のもので押し出してほしい。

「いくらでもあげますよ。その代わり」

腕を摑まれて顔から外させられた。

「ちゃんと俺のことを見ててください。俺の全部を、受け止めてください」

切実な表情と声だった。

腹の奥深くがゾクリとする。

十李が眉根を寄せて息を詰め、腰に体重をかけていく。

重苦しい痛みと違和感に耐えながらも、志磨は乞われたとおり、自分のなかにはいってくる十李を瞬きもせずに見詰めた。

十李もまた、自身のものを受け入れる志磨を、熱に浮かされたまなざしで凝視する。

限界まで押し拡げられた体内で、十李のかたちと熱を、これ以上ないほどなまなましく感じる。いまにもあられもない声が出てしまいそうで、志磨は懸命に口を引き結んだ。

「ぁ…っ、……ん」

甘い声を、十李が漏らす。

「こんな……ダメです、先輩——きつ…い」

なんとか半分ほど捻じこんだ十李が、つらそうに腰をくねらせて訴える。揺れる前髪の下で目はきつく眇められ、みぞおちが抉《えぐ》れたようにへこみ、割れた腹筋がピクピクと震えている。

その姿と表情と声音に、志磨の粘膜はわななく。

「ん…っ、なか、震えてます」

「お前……」

志磨は濁った声を絞り出す。

「うるさ、い」

「仕方ない、でしょう。ようやく——俺のものに、できたんです」

知り合ってまだ三ヶ月と少しなのに、まるで今生の願いが叶《かな》ったかのような口ぶりだ。

しかし、それを指摘してからかうほどの余裕はない。

さらに深くペニスを沈めながら、十李が激痛をこらえるかのようにこめかみを赤らめ、目許口許を歪める。

その様子があまりに淫らで、志磨の内壁は激しく収斂する。

弾き出されるまいと、十李が志磨の腰を鷲《わし》摑みにした。

「すみま、せん」

志磨の腰を引き寄せながら、同時に十李は思いきり腰を進めた。

狭まった粘膜をゴリゴリと奥へ奥へと拓かれていく感触に、志磨の身体は幾度も跳ね、爪先が宙を蹴る。

「と…り——十李」

外してくれと視線で訴えるのに、十李は聞き入れてくれなかった。

「も、少し――もう少しで、全部…っ、は、ぁ」

ペニスを根元まで埋めこんで、十李が背を反らした。

志磨のなかでガチガチになっている幹をくねらせながら、恍惚《こうこつ》とした顔つきで呟く。

「あ、あ…すごい――志磨先輩の、なかにいる」

腹腔を抉られているような圧倒的なつらさに呼吸もままならなくなるなか、爛《ただ》れた行為のさなかだというのに、志磨は鳥居の下に十李の後ろ姿を見つけたときと酷似した、空気が透明になるような感覚に包まれていた。

いまこの瞬間のことを、この先きっと、自分は繰り返し思い出す。

……十李が自分から離れていったあとも、忘れることはないのだろう。

苦しそうに息をつきながら、十李が上体を倒して、ぴったりと肌を重ねてくる。

右の耳たぶを咥えられて、ピアスのボールを舐められる。

切なげに腰を揺らす十李の背中に、志磨は手を這わせた。汗ばんだ肌は掌に吸いつくようだ。いつも十李から漂う甘い香りが、煙るように鼻腔を満たす。

「ふ…」

志磨は苦しく息を漏らす。

身体を奥底から捏《こ》ねられて、つらさとは違うものが湧き上がりはじめていた。粘膜がやわらいできたぶん動きやすくなったらしく、十李の腰遣いが大胆になる。

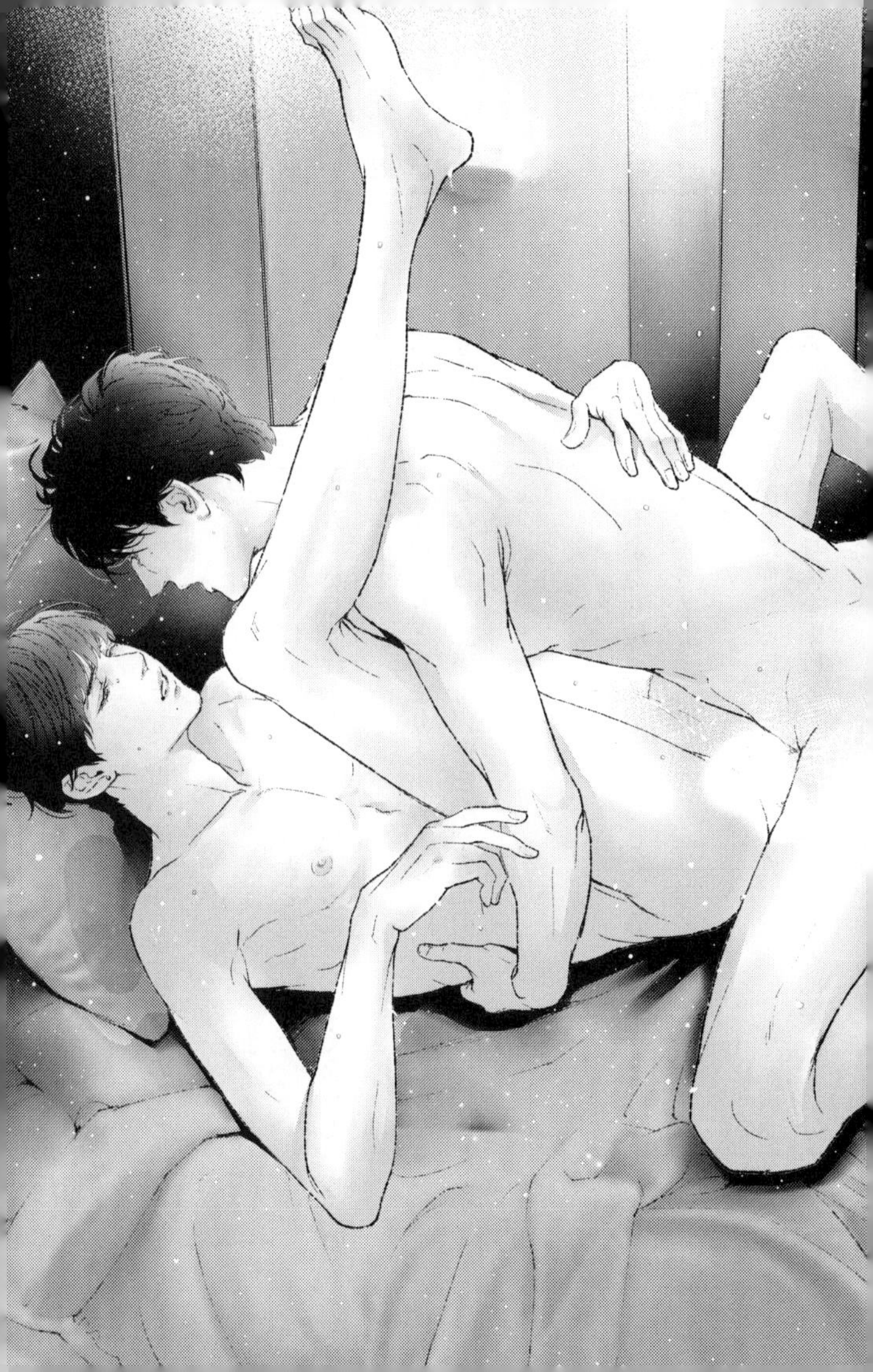

口許が緩んで、突き上げられるたびに息とともに声が漏れてしまう。その息と声を、十李の口に吸いこまれる。

「ぅ…うっ…う…ぁ」

「先輩、舌……出して」

切羽詰まったように囁かれて、とっさに従うと、十李も舌を差し出した。

舌先も、結合しているところも、熱く擦れあう。それが次第に忙しなくなっていき、頭も身体も、芯から泡立てられる。

ふいに、十李の舌と腰の動きがぴたりと止まり——弾んだ。

体内のものが爆ぜるのを感じながら、志磨も内壁を小刻みに引き攣らせつづけた。

＊

隣に横たわる彼は、悪夢を見る余力も残っていないらしく、静かに昏々《こんこん》と眠っている。

十李は上体を起こして毛布ごと膝をかかえる姿勢で、その姿を見下ろしていた。

ついに、門宮志磨とセックスをした。

手足の指先の端の端までが快楽に痺れるほどの行為だった。

少し気を緩めたら、またすぐに身体を繋げてしまいそうなほどの渇望が、自分のなかにある。

涙ぐんだ目で志磨を見詰めながら、問いかける。

「いつになったら、思い出してくれるんですか?」

志磨にとっては、もしかすると記憶の片隅にも残っていないのかもしれない。

それでも自分は彼にひと目惚れをして、そして見殺しにされ、人生に消えない疵をつけられたのだ。

「——決着は、つけさせてもらいますよ」

志磨にどこまでも流れこんでいきたがる心と肉体を戒めて、十李は硬い表情で眠る男に宣告した。

6

長梅雨が明けて、反動のように眩しい陽光が外界を満たしている。

志磨はバーテンダーのバイトも体調不良を理由に辞めて、昼夜も関係なく酒を飲んでは眠り、十李とセックスばかりしていた。

十李との行為のあいだだけはなにもかも忘れることができた。まるで強烈なドラッグのようで、そのぶんセックスをしていないときの揺り返しも激しい。急浮上と急降下を繰り返し、精神も肉体も糸の切れた凧《たこ》のようだった。

意外なことに、十李はそんな志磨を咎めることも諭すことも、去ることもしなかった。

彼は家庭教師のアルバイトで出かける以外は、志磨の身体を貪った。

ほぼ丸三日、セックスばかりしていたこともあった。放出するものがなくなっても、互いのものを口に含んでしゃぶっていた。

――いいだろ。どうせ、この生活だって、もうすぐなくなるんだ。

医師にならないと報告したら、両親はすぐにも仕送りを打ち切る。このマンションにも住めなくなり、十李とも会わなくなる。

ホームレスになるのか、どこかの住み込みで働くようになるのか、それすらも考えるのが億劫《おっくう》だった。

ただ、いまだけだと思う焦燥感から、十李をひたすら求めた。

彼は門宮志磨という昏い部屋に、いっとき射しこんだ鮮やかな陽光だった。

そのうち光は傾き、消える。


チャイムの音で目を覚ます。

無視しようとしたが、しつこく何度も鳴らされて、志磨は素っ裸のままリビングに行き、インターホンの通話ボタンを押した。ボタンを押してしまってからモニターを確認して、思わず「あっ」と声を出す。

『やぁ、志磨くん』

眼鏡の男が荒い画質のなかで微笑む。

「……なにか、御用、ですか?」

声が掠れる。

『この間、門宮院長とお話しする機会があってね。君の様子見を頼まれたんだよ。……それと、院長からおもしろい話を入手したんだ』

様子見の件だけだったら、追い返していただろう。

しかし意味深に匂わされた「おもしろい話」のほうが引っかかった。二階堂がおもしろいとすることは、自分にとっては致命的な内容であると、志磨は経験上学んでいた。その内容は確かめておきたい。

「ずいぶんと痩せたね」

二階堂は玄関にはいってくるなり、Tシャツとハーフパンツから伸びる志磨の手足をじろじろと眺めて、そう感想を述べた。

「ただの夏バテです」

この元家庭教師を前にすると心が委縮して、昔の自分に簡単に引き戻されそうになる。十李がアルバイトで留守にしていたのは幸いだった。彼にはかつての自分のことを知られたくない。

それに二階堂は志磨の弱い部分を抉るのを愉しむ性癖であるから、十李との関係を摑もうものなら、彼にまでどんな嫌がらせをするかわかったものではない。

――俺のことに、十李を巻きこむわけにはいかない。

「コーヒーでいいよ」ともてなすことを促されて、ソファで気障に脚を組んだ二階堂の前に、薄い色水のようなインスタントコーヒーを置いた。ただ志磨を従わせることが目的だったらしく、二階堂はそれに口をつけようとはしなかった。

ローテーブルを挟んで志磨はラグに片膝を立てて座る。

できる限りいまの自分を保とうとしながら、ぞんざいに尋ねる。

「それで、おもしろい話って？」

「そんなにがっつかないでくれ。まずは、こっちからチェックさせてもらうよ」

眼鏡のブリッジを中指で押し上げる仕種は、家庭教師のころそのままだ。部屋を見回して、採点する。

「七十六点といったところかな。男のひとり暮らしのわりには、片付いてる」

その部分は十李に感謝するしかない。

夏休みにはいってからというもの、身の回りのこともまともにできていなかった。

「定期試験はどんな具合かな？　四年はかなり厳しくなってきてるだろう」

「問題ありません」

「ランクを下げた甲斐《かい》があって、ついていけてるわけか」

反射的に心臓がすくんだが、それを表に出さないように努める。

「その髪とピアス、そろそろやめたほうがいいね。僕は元の黒髪の清楚《せいそ》な志磨くんのほうが好みだから」

お前の好みなんてどうでもいい、という言葉は「おもしろい話」を聞き出すまでは呑みこむことにした。

「あの頃は、なんでも僕の言うことをハイハイ聞いて、可愛かったなぁ。僕にいろんな姿を見せてくれたね」

全身に鳥肌がたって背筋が冷える。

「……あんたが、勝手に見てただけだ」

「無防備な君の姿が、忘れられない」

憤りと屈辱感が胸で弾けて、身体が震えた。

二階堂はあの頃と同じようにそんな志磨を満足げに眺め、組んでいる脚をほどいた。前傾姿勢になって、指摘する。

「駅で会ったときより色気が増したね」

ハーフパンツの裾からなかを覗かれているのがわかって、志磨は思わず立ち上がった。

――部屋に入れるんじゃなかった…っ。

「おもしろい話」などというものに釣られたことを後悔する。もしかするとそれも、志磨を操るための疑似餌に過ぎなかったのではないか。

――それにもう、関係ないじゃないか。父さんが……門宮家がどうなろうと、医師にならない俺にはなんの関係もない。

「もう帰って――」

志磨の言葉に、二階堂が重ねた。

「養子を迎えるそうだ」

「え…」

「中学受験で、最難関の国立大学附属中学に合格した子が遠縁にいるそうでね。その子なら東大理三にも手が届くだろう。門宮総合病院の後継者として育成したいらしい」

脚に力がはいらなくなる。

気が付いたときには、膝をついて座っていた。

二階堂が眼鏡の奥で目を糸のように細めて、近づいてくる。そっと肩を撫でられる。

「完全に見捨てられるのは、つらいね」

耳元で囁かれる。

「養子の件、阻止してあげてもいいんだよ。君次第では」

言葉とともに、Tシャツの肩から胸へと二階堂の手が這い下りた。乳首のあたりを擦られる。

「いまもここが好きなのかな?」

「…っ」

男の手を撥《は》ね退けて、志磨はまだ笑っている膝になんとか力を籠めて、立ち上がる。ふらつきながらも、二階堂を睨みつけ、告げた。

「話はわかりました。帰ってください」

布越しに乳首に触れた指先を、二階堂がちろりと舐める。

「また、なにかおもしろい展開があったら教えてあげるよ」

「帰れっ」

声を荒らげると、わざとらしい仕種でスーツの肩をすくめて、二階堂は部屋を出て行った。

玄関ドアが閉まる音と同時に、志磨はまたすとんとラグに腰を落とした。

背を丸め、俯く。

窓には燦々《さんさん》とした夏の午後の陽射しが張りついているのに、視界がやたらに暗く感じられる。

「は――」

志磨は肩を震わせた。

「はは……ははは」

力ない笑いが口から漏れる。

父が跡取りとして優秀な子供を引き取ろうとしていることを知らされて、気が付きたくないことに気が付いてしまった。

心のほんの片隅でだったけれども、自分が医学部を中退すれば、両親がダメージを負うのではないかと期待していたのだ。

「バッカじゃねぇの。そんなわけ、あるかよ」

両親がどんな人間であるか身に染みてわかっているはずなのに、まだ自分は家族というものに未練を残していたのだ。

しかし両親はとっくの昔にひとり息子に見切りをつけ、今度こそ家族の恥とならない完璧な息子を手に入れる算段をしている。

情けなくて惨めで、自分が出来損ないのボロクズだという事実を、改めて突きつけられていた。

頭も目の奥も爆発しそうなほど苦しいのに、涙は出ない。

なかば這うようにして、志磨はキッチンスペースにはいった。冷蔵庫から缶チューハイを握り出す。プルトップを開けるや一気に飲み干した。噎せながらも次の缶に手を伸ばす。開けっぱなしの冷蔵庫がドアアラームを鳴らしだす。その音を聞きながら、次から次へと缶を開けていった。

＊

靴を脱ぎながら、リビングに通じるガラス扉を見やり、十李は眉をひそめた。

明かりが点いていないのだ。志磨は暗いのが苦手らしく眠るときですらナツメ球だけはかならず点けている。夜になればリビングを煌々《こうこう》と明るくしているのが常だった。

リビングのドアを開けながら「ただいま」と声をかけてみるが返事がない。

代わりに、ピー…ピー…ピーという弱い音が聞こえてきた。冷蔵庫のドアアラームの音だ。そちらを見ると、冷蔵庫が開いていて光が漏れていた。

七月の終わりごろからもう半月近く、志磨は酒を買い足しに行く以外、外に出ようとしない。しかし酒ならばまだかなりストックがあったはずだ。

訝しく思いながらリビングの明かりを点けて、冷蔵庫を閉めにカウンターの向こうに回った十李は缶を蹴とばして立ち止まった。

開きっぱなしの冷蔵庫の前に志磨が倒れていた。彼の周りには無数の缶が散乱している。

「先輩……」

駆け寄って抱き起こすと、志磨が瞼をわずかに上げた。黒々とした目がうつろに宙を彷徨い、十李にあやふやな焦点を当てる。

「どうしたんですか、いったい」

「……、き、たい」

「え?」

朦朧としながら志磨が訴える。

「目の奥が、破裂しそう、なのに、出ない」

力のはいりきらない手指が、十李の腕を摑む。

「──泣き、たい」

そう呟いたかと思うと、口許を押さえてえずきはじめた。

これだけ飲んだら急性アルコール中毒になってもおかしくない。

十李は志磨を抱きかかえると、トイレへと走った。なんとかギリギリのところで吐瀉物《としやぶつ》をトイレに流すことができた。

吐くものがなくなったところで、バスルームに連れて行き、汚れた衣類をすべて脱がせた。シャワーで口や身体を流してから、冷蔵庫から柑橘系《かんきつけい》のスポーツドリンクのペットボトルを持ってきて、それを志磨の口許に宛がう。半分ほど飲みそこないながらも、嚥下してくれた。

――どうして、こんなことになったんだ？

セックス漬けにしている反動で、壊れてしまったのだろうか。けれどもむしろ、志磨はセックスをしているときのほうが気持ちが安定しているように感じられていた。少なくともセックスをしていれば酒に手を伸ばさない。

――泣きたいって、言ってたな。

悪夢に魘されて涙ぐむことはあっても、彼が涙を零しているのを見たことはなかった。

他人に弱みを見せるのを、志磨は極端に嫌う。

その彼が泣きたいと訴えてきたということは、よほどのことがあったのだろう。

ふと、眼鏡をかけた男のことが頭をよぎった。元家庭教師でいまは研修医の、二階堂というあの男に駅で捕まったとき、志磨の様子は明らかにおかしかった。

　もしかしてあの男に関することでなにかあったのか。

　問いただそうとしたとき、ペットボトルの口を咥えたまま志磨がこちらを見上げた。酩《めい》酊《てい》状態で目の縁の粘膜が紅くなっている。……それは、フェラチオをしているときのさまに酷似していて、十李は胸と腰に強烈な疼きを覚えた。

　いくら軽薄そうに見せようとしても、その浅い二重の黒々とした眸には、頑なな堅さがある。

　その頑なさの奥になにを隠しているのか、暴きたい衝動に駆られる。

「志磨先輩――」

　抑えきれなくなって、ペットボトルをその口から外して、代わりにそこに自分の唇を押しつけようとすると、志磨が身をよじってもがいた。嫌がられたのかと思ったが、しかし志磨はバスタブの縁に両腕を載せて十李に背を向けると、差し出すように臀部《でんぶ》を上げた。

　肩越しに熟んだ視線を送られる。

　身体を慮る理性を一瞬で吹き飛ばされた。

　十李は慌ただしくスラックスのベルトを外し、前を開けた。下着をもどかしく下ろすと、すでに強張っている陰茎が弾み出た。

　ぬるつく先端を志磨の後孔に押しつければ、欲しくてたまらないと、そこがしゃぶりつ

いてくる。求められるままに腰を前へと突き出す。ゴムなしでするのは初めてだった。

ふたりの甘い呻き声が、バスルームに反響する。

過度にアルコールを摂取したせいもあるのか、じかに味わう志磨のなかはひどく熱く、ねっとりと吸いこむ蠕動《ぜんどう》を繰り返す。ときおり内壁がきゅうっと締まって、わななく。そしてまた、もっと奥へと言外にねだる。

根元まで嵌《は》めるころには、志磨は膝をついて腰を高々と上げる姿勢になっていた。結合部分が克明に見える。志磨が片手を後ろに伸ばし、その丸く引き伸ばされた襞を指で辿った。

「お前で、いっぱいになってる」

その呟きに、十李のものはさらに膨張する。

まるで繋がった場所から、志磨の血中のアルコールが流れこんでくるかのようだ。身体中がドクドクして頭が朦朧となり――気が付くと、パン…パン…と肌を叩きあわせながら腰を無我夢中で振っていた。

「あ…ぁ…っ…ん…は」

ひと突きごとに、志磨が短い声を漏らす。

彼の腰をかかえこみ、耳元で教える。

「わかりますか？　なか、とろとろになってますよ」

返事の代わりに、内壁がきつく狭まる。狭まりきって、震えだした。その震えが全身に拡がっていく。

「……先輩?」

なにか様子がおかしい。

「や——ぁ」

こちらを振り返りながら訴える。

「もれ、る……」

「え?」

「嫌だ……ぁ、あっ、あっ」

突如、志磨が全身を突っ張らせた。床に水が当たる音が響きだす。

志磨の脇の下に腕を入れて、羽交い絞めにするかたちで上体を起こさせる。

「見る、な…ぁ」

半勃ちの茎から放物線を描いて液体が放たれていく。

十李はぶるりと身を震わせると、優しい声音で促す。

「アルコールを排出しないといけません」

排泄行為を恥じて、志磨の内壁は擂り潰さんばかりに十李のものを締めつける。力を籠めてなんとか途中で止めようとしているらしい。それに成功しかけた志磨の腹部に、十李は掌を当てた。

「ダメですよ。ちゃんと全部、出さないと」

諭しながら、腹部を押す。

「う…う…」

また茎の先からちょろちょろと液体が零れだす。

そのさまを志磨の肩に顎を載せて見下ろしながら、十李は腰を遣った。アルコールのせいか勃起しきらない志磨のペニスが、根元から頼りなく揺れる。

——俺は、こんなのを好む変態だったのか。

寒気がするほどの昂ぶりに、十李は自分の知らなかった一面を突きつけられていた。

これまで、少なくとも異性に対しては紳士的な、わきまえた性行為をしてきた。しかし志磨に対しては、限度というものが消え失せる。どれだけ抱いても抱き足りない。誰も見たことのない志磨を見たいという渇望がマグマのように噴き出してくる。

——初恋、だからか……。

「も…出ない…っ」

泣きかけの声で訴えられて我に返り、ようやく腹部から手を外した。

志磨がカランへと手を伸ばしてハンドルを回すと、ザァ…ッとシャワーから水が放たれる。排出したものを流して隠したいのだろう。

頭から飛沫《しぶき》を浴びながら、十李は猛然と志磨を突き上げた。

「なかに、出しますよ」

上擦った声で宣言すると、志磨が丸めた背を震わせた。

その背中を包みこむように身体を被せて、十李は呻き声を漏らす。

志磨の粘膜が初めて精液をじかに受け取って、荒々しく波打つ。それにペニスを扱かれながら、最後の一滴まで出しきる。

意識が飛びそうな快楽の余韻に浸りながら、精液を内壁に擦りつけるように腰をゆるゆると動かすと、志磨の身体がビクビクと痙攣した。

ゆっくりと繋がりを引き抜くと、口を閉じきれない孔から白濁がどろりと溢れた。

凄まじい充足感に眩暈がする。

シャワーに打たれてずぶ濡れになったまま息を乱していると、志磨が四つん這いのままのろのろとこちらを向いた。望まない変態的な行為にまで及んだことを抗議されるのかと思いきや、彼は意外なほどの力で十李の肩を摑み、仰向けに押し倒した。

「っと……」

「先輩?」

「もっと、めちゃくちゃに、してくれ」

涙こそ溢れていないものの、志磨の身体は嗚咽を漏らすかのように震えている。

射精したばかりのペニスが、握られただけでふたたび充血して芯を持つ。その先端へと、志磨が後孔を載せる。

「なにも考えられなくなるぐらい、めちゃくちゃに」

そのための器官のようになったところへと、性器を呑みこまれていく。

「ぁ——せんぱ、い……志磨、先輩」

「ああ……、いぃ」

根元まで含んだ志磨が眉根を寄せて、身震いする。

十李はカットソーの裾をめくって腹部を露わにした。そこへと、温かな液体をちょろちょろと流された。

＊

頭が割れるように痛い。

唸っていると、額にひんやりしたものを貼られた。薄荷《はっか》の香りに目を開ける。

「おはようございます、先輩」

「——」

泥酔していたとはいえ、昨夜の記憶は朧にあった。志磨はあまりの気まずさに薄手のブランケットを頭のうえまで引っ張り上げた。

「先輩に訊きたいことがあります」

「なんだ?」

「二階堂と、なにかあったんですか?」

指摘に度肝を抜かれて、志磨はとっさに跳ね起きた。

「ッ…」

大きく動いたせいで金槌で殴られたかのような痛みが頭に巻き起こる。両手で頭を押さえながら、険しい声で問いただす。

「どこに隠しカメラを仕掛けた?」

「え、なんですか、急に」

「二階堂が来たのを知ってるのは、この家を監視してたからだろ?」

糾弾すると、十李が目許を曇らせた。

「監視なんてしてませんが……そうですか。やっぱり二階堂がここに来たんですね」

その様子からして本当に盗撮していたわけではなかったようだが、腑《ふ》に落ちない。

「それならどうして、二階堂のことだと思ったんだ?」

「ただの順当な推理ですよ。前に二階堂って奴に駅で捕まったとき、先輩の様子がおかしくなったのを思い出して、またそうかなと」

十李の鋭すぎる洞察力に舌を巻く。

「で、二階堂はなんの用でここに来たんですか？」

「……お前には関係ない」

「俺の身体にしか、用はないわけですか」

「そんなことは――」

否定しようとして、しかしこの半月のことを思い出し、言葉に詰まる。

確かに自分は、医学部を辞めると決めたことで投げやりになり、それをセックスというかたちで吐き出してきた。どうせもうすぐこのマンションにも住めなくなり、十李とも会わなくなるという前提でのことだった。

――相手が女の子だったら、ただのやり棄てだな。……男相手でも、そうなるのか？

けれども十李なら、自分がいなくなったところで致命的に傷ついたりはしないだろう。

またすぐに、運命の相手にひと目惚れをするに違いない。

胸のあたりが引き攣れたようになる。

――……それでいい。それでいいんだ。

「否定、しないんですね」

「とにかく、お前には関係ない。俺の問題だ」

ふたたびベッドに横になり、十李に背を向けるかたちでブランケットを頭まで被る。

「……わかりました」

重い溜め息をついて、十李はベッドから腰を上げ、部屋を出て行った。

横倒しの身体を丸め、ブランケットの網目から漏れる薄い光のなか、自分がTシャツとハーフパンツを身に着けていることに気づく。

自分で着た記憶はないから、十李が着せてくれたのだろう。瞼が震える。

無価値な自分を、十李は大切にしてくれようとする。

それが苦しくて苦しくて、たまらなかった。

7

上野駅《うえのえき》で降りて、美術館や博物館を擁する恩賜公園《おんしこうえん》へとはいる。

夏の早朝の陽射しの眩しさに、十李は目をきつく眇めた。この過酷な陽光から身を守るために、木々の緑も色を深くしている。

スマホの時計を確認する。約束の時間までには、だいぶ余裕がある。それでも気が急いて、足早に歩を進めていく。

その足を、思わず止めた。

「ぁ…」

視界のあらかたを緑とピンクが占めている。

不忍池《しのばずのいけ》の蓮《はす》はちょうど、花の季節を迎えていた。十李は引き寄せられるように池の縁に近づく。ピンク色の花弁が風に震える。

ほんの一瞬だけ、胸に詰まっていた重苦しさが散り——またすぐに凝固した。

深く息をつくと、十李はふたたび緊張した面持ちになり、池のなかに通された橋を歩きだす。橋の左右にみっしりと生い茂る蓮に閉塞感を覚えながら対岸へと向かった。

指定された両生《りょうせい》爬虫《はちゅう》類館《るいかん》のところに着くと、池を臨むベンチに座る男へと目を引きつけられた。スーツに眼鏡のその男が、こちらを見返す。

二階堂──二階堂篤司《あつし》だ。

「東京大学附属病院の研修医の二階堂」の連絡先を入手するのは、ミスターコンテストのときにできた人脈を使えば容易《たやす》かった。

門宮志磨のことで話があるとメッセージを送ると、二階堂はすぐに食いついてきて、仕事前の時間帯にこの場所を指定してきたのだった。

やはり彼は元家庭教師が教え子にいだくのとは別種の関心を、志磨にいだいているのだ。

今日のことは志磨には話していない。

志磨が二階堂となにがあったかを打ち明けてくれないから、このような強硬手段に出たのだ。

いくら嫌がられても、志磨がかかえている問題を知りたかった。よくわからないが、タイムリミットがあるような焦燥感を志磨から感じ取っていた。

彼がこのまま、いつまでも肉体だけとはいえ自分を求めてくれるとは、思えない。

実際、男ふたりでセミダブルのベッドは狭すぎるからダブルベッドにしようという提案を却下されつづけている。

自分たちの関係はもうすぐ終わると、志磨は決めつけているのだ。

──きっと問題をクリアしないと、俺は志磨といられないんだ。

志磨といるためならば、どのようなことでもできる。その確固とした自信がある。

十李は二階堂を見据えたまま歩きつづけた。

「いい朝だね」

二階堂がベンチから立ち上がり、薄い唇に笑みを浮かべる。

「蓮の花を眺めて散歩がてらに話そう」

二階堂と肩を並べて歩きながら、十李は堅い声で詰問する。

「四日前、うちに来ましたよね」

「うち？」

横目でちろりと見られて、訂正する。

「志磨先輩の家です。先輩となにを話したんですか？」

「志磨くんの口から教えてもらえなかったんだ？　それを僕が言っていいものかな」

「……どうしても、知る必要があるんです」

「ふーん。なるほど」

不躾に十李を眺めてから、二階堂がさらりと言った。

「門宮家が遠縁の中学生を養子に迎えるって話を、志磨くんにしたんだよ」

「──養子って、どうして？」

「東大理三にあらずんば、人にあらず。門宮家はそういう家だ。なんなら、僕を養子にしてくれてもよかったんだけどね」

二階堂が喉で笑う。

「まぁもし、志磨くんが女だったら、婿養子で行けたかな」

「っ、ふざけたことを」

「なにひとつ、ふざけてないよ。君は本当に、大事なことはなにひとつ教えてもらえてないんだね」

光を受けると赤く見える光彩が、蓮の花へと向けられる。

「どうして三浪したのかも、聞かされてないんだろう？」

口惜しいけれども、そのとおりだ。

「どうして、ですか？」

「二浪までは東大理三しか受けさせてもらえなかったからだよ。三浪でようやく、いまの大学も受けさせてもらえた。それだって、自殺未遂騒ぎがあったからだけどね」

足が動かなくなった。

数歩歩いてから二階堂が立ち止まり、愉しげにこちらを振り返る。

「そんなに驚いたかい？　僕は意外でもなかったけどね」

「自殺未遂騒ぎ……先輩、が？」

二階堂がその場で飛ぶ動きをする。

「ホームから線路に飛び降りてね。すんでのところで駅員に助けられたそうだ」

よろけて、十李は池のほうを向くかたちで両手で柵に摑まった。心臓が早鐘のように打っている。

二階堂が横に並んで立ち、耳元に口を寄せてくる。

「志磨くんはいまでも、あの時、楽になっておけばよかったと思っているんじゃないのかな」

「そんな、ことは」

「ない、ってどうして言えるんだい？　東大理三に行けなかった息子の代わりに、ご両親は優秀な子を養子に迎えるらしいって教えたとき、可哀想なぐらい動顚していたよ」

それを告げられたときの志磨の気持ちを思うと、身体が震えた。

――だから、あんなに浴びるほど酒を飲んで……俺に抱かれたがったんだ。

二階堂がおもしろがるように訊いてくる。

「そういえば、志磨くんの家のことを『うち』って言ってたけど、同棲でもしてるのかい？」

この男にこれ以上、志磨の弱みを握られるのは回避したかった。

「違います。ただの大学の先輩後輩です」

「ふーん」

ふたたび二階堂が耳に口を寄せて、笑い含みの小声で言う。

「志磨くんは、いまでも胸が性感帯なのかな?」

喉を絞められたような衝撃が走って、十李は思わず二階堂の胸倉を摑んだ。

「なんで、それを」

「やっぱり、そういう関係なんじゃないか」

二階堂が眼鏡の奥で赤い目を煌めかせる。

「志磨くんがやたら色っぽくなったのは、君のせいというわけだ」

「…っ」

「そんなに睨まないでくれよ。これでも僕は君に親近感を覚えているんだから」

「親近感? ふざけてるんですか?」

「わりと真面目だよ。僕も君と同じように、奨学金で学費を賄っていたからね。まぁ僕の場合は門宮財団の私設奨学金だけど。好みのタイプが似てる苦労人同士、仲良くしようじゃないか」

十李の手を胸元から除けると、二階堂は腕時計を確かめた。

「そろそろ出勤しないとならない。研修医なんて、労基も無視の肉体労働者だからね」

＊

もともと酒は強くないし、嗜《たしな》む程度で特に好きでもない。

それでも目が覚めると、口にしないではいられない。

リビングのソファの脚の部分に背を凭せかけ、料理酒のボトルを口に運ぶ。まずくて、なかなか喉を通らない。

さっき目を覚ましたら、冷蔵庫から綺麗さっぱり酒が消えていたのだ。十李が処分したのだろう。

買いに行くのも億劫だと思っていたら、料理酒が流しの下の収納にはいっていたのだ。

——……このまま消えたい。

自分の肉体が忌々しい。たかがこれだけの存在を消すために、どうして苦しまなければならないのか。

自分よりつらい境遇の人はいくらでもいる。虐待の記事、過酷ないじめの記事、貧困家庭の記事、闘病の記事、それらを目にするたびに、自分の苦しみなど誰からも同情されるはずのない贅沢《ぜいたく》な悩みなのだと思い知る。

だから、ただただ酒と一緒に呑みこむしかない。

「……親からも見捨てられて、当然だ」

幼いころから超一流の教育を受けさせてもらい、週七日も習いごとをさせてもらい、家庭教師までつけてもらって三浪もしたのに、親が望むところに行けなかった。

家族にとって自分は、恥晒しでしかない。だから恥ずかしくない新たな息子を迎え入れなければならないのだ。父も母もなにも間違っていない。

「全部、俺が悪い」

自分のどこを見回しても、自己否定にしか行き着かない。

また、目の奥が破裂しそうに痛んでいた。いっそ泣ければ楽になる気がするのに、どうしても涙が出ない。最後に泣いたのは――あの線路に飛び降りたときだった。

また飛び降りれば、涙が出るのだろうか。そうすれば楽になれるのか。

「先輩」

厳しい声とともに、手にしている料理酒のボトルを取り上げられた。

「なにを飲んでるんですか」

「それ、まずい」

「当たり前です。不可飲処置がされてるんですから」

見下ろしてくる十李の顔は、ひどく険しい。

「先輩に話があります」

――……ああ。こいつも、見捨てるんだな。

初めからそうなるとわかっていたのに、胸がギシギシと軋んで、志磨はTシャツの胸元をギュッと握り締めた。拳で心臓を押さえつける。

十李の顔を見上げていられなくて、俯きながら促す。

「なんだ？」

別れの言葉を受け止めようと、全身を緊張させて言葉を待っていると、十李が隣に腰を下ろしてソファの脚に背を預けた。

「二階堂と、会ってきました」

その言葉に、身体がビクッと跳ねた。

「なんで——……」

「志磨先輩のことを、どんな手段を使ってでも知りたかったからです」

頭からどんどん血の気が引いていく。

十李にだけは、本当の惨めな自分を知られたくなかった。それは十李が運命を感じた「門宮志磨」とはかけ離れている。

もうすぐ終わりになる関係とわかっていたけれども、それでも別れたあとも、「門宮志磨」として彼の心の隅に置いておいてほしかったのだ。

ショックのあまり茫然《ぼうぜん》としていると、十李が責めるように訊いてきた。

「……あいつと、付き合ってたんですか？」

「え…」

「二階堂と、付き合ってたんですか？」

「ち、違うっ」

本当の自分を知られるのはつらいが、ありもしないことまで十李に誤解されるのは絶対に嫌だった。

「なんで、そんなこと」

涙目になりながら十李が声を小さくする。

「あいつは先輩の感じるところを知ってた……胸が弱いって」

「……、それは——」

言いたくない。

けれども本当のことを言わなければ、誤解されたまま別れることになる。志磨は拳を握り、深く俯いて目をきつく閉じた。

「浪人のあいだ中、隠しカメラで、部屋を監視されてたんだ。勉強をサボってないかって。二階堂は家庭教師として、母から監視を任されてた。俺はそんなことも知らないで、……オ…オナニーもしてた。胸をいじりながら——」

羞恥と情けなさに、頭がガンガンする。

盗撮のことを告げられたのは、浪人生活が終わったときだった。合格祝いをしたいという二階堂のひとり暮らしのマンションに連れて行かれて、ノートパソコンで動画を見せられたのだ。

二階堂は「合格祝いに、消させてあげるよ」と言ってきた。フォルダーごと消去しようとするのに、指が激しく震えてなかなか消すことができなかった。

バックアップもあったのかもしれないが、それを確認することもできないまま志磨は二階堂のマンションから逃げ出したのだった。二階堂があの動画で脅してくるのではないかという恐怖が、常に頭の片隅に張りついていた。だから駅で再会したときは、目の前が真っ暗になった。

途切れ途切れにそのことを語っているうちに当時の気持ちが甦ってきて、心臓も身体の芯も冷たく強張りだす。

——消えたい……。

ふいにダンッと凄まじい音があがって、志磨は瞼を跳ね上げた。

ローテーブルを殴ったらしく、十李の拳が天板に押しつけられていた。志磨は恐る恐る視線を上げる。

綺麗な横顔を、涙が次から次へと伝っていくのを見る。

「十李……」

胸で繰り返してきた本音が口を衝いて溢れた。

「俺が悪かったんだ。何浪もしてるくせに、そんなことに時間を使って——両親の期待を裏切る結果しか出せなかったのも当然だ」

すると、十李がこちらに身体を向けて、両肩を摑んできた。その手はブルブルと震えている。

「なにを言ってるんですかっ⁉」

「……十李には、わからないだろうけど」

「そうじゃありません！」

十李の長くて強い腕が、身体に巻きついてくる。

激昂に震える声に、耳孔を打たれる。

「志磨先輩にそんなことをした奴ら、親だろうが家庭教師だろうが、絶対に許さないっ」

耳のなかがジン…として、その強い痺れが頭全体に沁《し》みていく。

「怒って、るのか？」

「当たり前です…っ」

「でも、俺のは、贅沢な悩みで」

「そんなふうに思いこまされてたんですね」

志磨は混乱する。

もしかすると、自分は酷い目に遭っていたと思っても、いいのだろうか？

与えられる教育に圧し潰されていつも不安でたまらなかったことや、盗撮されて傷ついたことを、贅沢の代償だから仕方なかったと思わなくてもいいのだろうか？

懊悩《おうのう》していると、十李が腕の力をさらに強めた。

「なんてことをしてくれたんだっ——俺の、大切な人に」

十李の震えに身体を丸ごと包まれる。

自分の代わりに、十李が憤り、泣いてくれている。

張り詰めて、ずっと苦しくてたまらなかった目の奥が痙攣を繰り返している。

細い細い涙が、自分の頬を伝うのを感じる。


長いあいだ——本当に長いあいだ、十李に抱き締められていた。

隠し通さなければならないと思い詰めていたことを知られたのはつらかったが、ずっと頭を重たく押さえこんでいたなにかが、嘘みたいに軽くなっていた。

しかし、その昂揚感も長くは続かなかった。

十李が淹《い》れてくれた冷たい麦茶を飲んでいるうちに、またぞろ不安の靄《もや》が胸に漂いはじめる。

どんな過去でも、その積み重ねがいまの自分であり、自分がこれからどう生きていけばいいのかは見えてこない。

医師の道を投げ出すことを考えると、なにか大切なことを忘れているかのような焦燥感

に駆られるのだ。

志磨の昏い顔を横から眺めていた十李が話しかけてきた。

「先輩は、いいんですか？　その……養子のこと」

「――いいも悪いも、俺が決めることじゃない」

「遠縁らしいですけど、会ったことあるんですか？」

「ないと思う。でも、そうとう優秀な子らしいから俺みたいなことにはならないだろう。きっと完璧な後継者になる」

投げやりに返すと、十李がじっと見詰めてきた。

「そんなふうに決めつけて、いいんですか？」

「……」

「見殺しにすることにはなりませんか？」

見殺しという言葉には厳しい力が籠められていて、それは志磨の胸にグッと刺さった。それだけは人生で二度としないと誓っていたのだ。

志磨の顔色が変わったのを見て、十李が目許をやわらげる。

「それに、その子のこととは別に、先輩自身の気持ちはどうなんですか？」

――俺の気持ち……。

門宮の家のことに向き合うのは、できる限り避けてきた。それに、そこに自分の感情など差し挟む余地はないと思ってきた。あの家で自分の気持ちが尊重されたことなど一度もない。だから、そんなものは持つだけ無駄で、苦しくなるだけだ。

そう思ってきたからこそ、養子の話を二階堂から聞いたとき、自分のなかで爆発するものがあったことに驚いた。

意識下に押しこめていただけで、たぶんずっと、自分はなにかを感じてきたのだ。

でもそれに目を向けるのは、傷を抉る行為のように思われた。そんなことはできればしたくない。

けれども十李の必死さを前にしたいま、自分もまた必死に向き合わなければならないのだと感じられていた。

十李の手がそっと手の甲に載せられ、包むように握ってくれる。それだけで不思議なほど気力が湧いてきた。

「つらかった」

正しい気持ちを口にしたとたん、次の言葉が溢れた。

「俺は門宮家のひとり息子として望まれるかたちになれなかった。大学も辞めようと思ってた。そんな俺には、もう家のことに口を出す権利なんて一ミリもない。……そうわかってるのに、養子の話を聞いたとき、すごくつらかった。変だよな？」

自嘲しながら同意を求めるが、しかし十李はわずかも表情を緩めずにきっぱりと言う。

「少しも変じゃありません」

志磨も卑屈な笑みを消す。

「変じゃ……ないのか」

「家族のことで気持ちが動くことに、義務も権利も関係ありません」

それは志磨には呑みこみにくい言葉だった。

「……義務を果たせてないのに、家族に対してなにか思ってもいいってことか？」

「いいんですよ。そもそも親から一方的に押しつけられたものは、義務じゃありません」

「――十李の言うことは、俺には難しい」

幼いころから自分が思ってきたものと違いすぎて、反発すら覚えていた。

これと似た感覚を、心理学の講義でも感じたことがある。虐待に関する資料を読んでも、相手が望む義務を果たしていないのだから苛まれても仕方がないと思うことが、たびたびあった。

「いまは、頭の片隅にでも置いておいてくれればいいです」

それならば可能だと、少し安堵する。

そして同時に、もしかすると自分の家庭像というものが歪んでいるのかもしれないという思いが浮かんできた。

「……俺はたぶん、いまだに家族から見捨てられたくないって、思ってたんだ。でも養子を迎えるのは、見捨てられた証拠だ」

「先輩の両親は、どんな人なんですか？　お父さんは確か、高名な整形外科医ですよね」

「父は――再建手術の天才だ。海外からも難しいクライアントが来る。家庭のことには関心がないけど、家族内でも絶対的な存在だ。専業主婦の母は、父の期待どおりに俺を育てることに心血を注いでた。……だから、東大理三に現役合格できなかった時点で、母のなかでの俺の価値はゼロになった。そこからは俺と直接話すこともほとんどなくなった。家政婦や二階堂づてに必要なことを伝えられるようになって――両親にとって俺は、いないも同然になってた」

　右手を握ってくれている十李の手指に力が籠もり、震えた。

「一浪して二浪して、元同級生や社会からどんどん遠ざかっていくのが怖かった。二階堂以外にも家庭教師がいて、朝から晩まで机に向かって――部屋でひとりになっても、机から離れるのが怖くなってた。机に向かってるからって勉強するわけでもなく、むしろどんどん集中力は落ちていって、それでよけいに……」

　当時の苦しさが甦ってきて、唇を嚙み締める。

「そんなの、誰だってまともでいられません。根が真面目な志磨先輩なら、なおさらです」

　知り合って四ヶ月足らずなのに、十李にずっと昔から知ってもらえているような錯覚に陥る。

そのせいか、ひとりきりで過去に向き合っているのではないと思えていた。

「それで、俺はよく過呼吸を起こすようになった。死ぬのが怖くて、同時に、死ねたらこの部屋から解放されるって、思ってた。……パニックになって部屋の窓から飛び降りようとしたこともあったけど、玄《げん》じいが下にいて」

「玄じい？」

「庭師のお爺《じい》さんだよ。玄じいだけはたぶん、俺のことを心配してくれてた。飛び降りようとしたら、必死に頭を横に振って手を合わせるから、飛び降りられなかった。——でも結局、逃げたい一心で、線路に飛び降りた」

十李が激しく身震いする。

「——助かってくれて、よかった」

嚙み締めるように呟き、灰褐色の眸を震わせる。

「そんな部屋から抜け出して、いま俺の前にいてくれて、本当によかった」

「……十李」

また、涙が目から零れた。でもこの涙は、昔ひとりで流していたものとはまったく違っていた。あの頃は胸が鉛のように冷たくて重たかったのに、いまは胸のあたりに温かさがある。

「俺はもう、二度とあんな思いはしたくない。誰にも、あんな思いはさせたくない」

それが正直な気持ちだった。

そして、口にしたとたん危惧すべきことがくっきりと見えてきた。

「優秀な子だからあの家でも大丈夫だって勝手に決めつけるのは……十李が言ったみたいに、見殺しにすることになるのかもしれない」

十李が強く頷く。

「そもそも、その子が医師になりたいのか、ですよね。ほかの夢を持っていたとして、話を聞く限り、先輩のご両親が彼の意思を尊重するとは思えません」

「ああ。うちの親は、一族なら門宮本家に従うのが当たり前だと思ってる」

「それなら、その子もその子の親も、逆らうのが難しいわけですね」

「――もし、その子の夢が医師になることなら、この養子縁組は悪い話じゃないかもしれない。でも違ってたら、望まないことを押しつけることになる」

「それに、いくら優秀でも強度のストレスをかけられれば本来の力を発揮できないことだってあります。親元から引き離されるだけでもかなりのストレスになるでしょう」

「そう、だよな」

志磨は十李を見詰めて、心を決める。

「俺はその子に会いに行く。会って、きちんと本当の気持ちを聞いてくる」

もし十李に問いただされなければ、自分は少年の立場に思いを巡らせることなく、見殺しにしかねなかったのだ。情けなさにギッと唇を噛み締めると、ふいに十李が顔を寄せてきた。

唇を、ふわりと温かい感触に包まれる。

驚いて口を半開きにすると、チュッと音をたててから十李が顔を少し離した。

「なんでも自分が悪いことにするのは、禁止です」

「でも、俺は……」

十李は本当の門宮志磨のことをまだわかっていないから、そんなふうに言うのだ。反論しようとすると、また唇を甘く啄まれた。

そして少しだけ怒った顔で十李が言う。

「俺の大切な人を、悪者扱いしないでください」

8

「二階堂があっさり教えてくれるなんて意外だった」

門宮家の養子候補、内浦聡《うちうらさとし》の家へと向かう電車に揺られながら志磨が言うと、隣に座る十李が眉をひそめた。

「名前と連絡先を教えるのが自分の得になると計算しただけでしょう。養子の話が流れたら、門宮家に自分を売りこむつもりですよ。二階堂はそういう奴です」

あまりにきっぱりと言い切るから、志磨は思わず笑ってしまう。

もし自分ひとりで聡に会いに行っていたら、いまごろは深刻な暗い顔をしていたことだろう。

「いいな。十李といると。気持ちが軽くなる」

素直にそう伝えると、十李が照れ笑いをして二の腕をくっつけてきた。触れている場所から温かい弛緩《しかん》が拡がる。それでいて、心臓は少し動きを速くした。

千葉県佐倉市《さくらし》にあるニュータウンの大規模マンションに、内浦宅はあった。

「俺は適当に時間を潰してますから、終わったら連絡ください」

マンションのエントランス前で、十李はそう言って励ますように志磨の背を叩いた。

内浦家は、サラリーマンの夫と看護師の妻、息子は中学一年生の聡と小学四年生の巧《たくみ》の四人家族だが、志磨の訪問目的が養子縁組という繊細な話題であったため、弟のほうは友達の家に遊びに出されていた。

「わざわざお越しいただいて、申し訳ありません」

内浦修二《しゅうじ》も妻の恵里《えり》も、暗い表情を浮かべて志磨を出迎えた。

本家から長男を寄越せと言われ、さらにはその本家のひとり息子が話があると連絡してきたのだから、困惑しきって当然だ。

両親の後ろで、小柄な少年が頭を下げる。

内浦聡は目許のキリッとした、生真面目そうな少年だった。

ゆったりとしたリビングの窓には緑の多い景色が広がっていて、一角にある書棚にはさまざまな図鑑や辞典がずらりと並んでいる。キャビネットのうえには、家族四人のキャンプ写真が飾られていた。弟の巧のほうはいかにもヤンチャそうな印象だ。

志磨にソファを勧めて飲み物を出すと、内浦家の三人はローテーブルを挟んだラグに並んで正座をした。

「この度は、もったいないお話をいただきまして……」

いたたまれない感覚に、志磨もラグへと降り、正座して頭を振った。

「いえ、父が勝手なことを申し上げて、ご迷惑をおかけしています」

「……恩返しをできる機会をいただいたと思っています」

修二の言葉に、志磨は首を傾げる。

「恩返しって、どういうことですか？」

「実は、三年ほど前に父のクリニックで医療過誤がありまして、高名な弁護士の先生をご紹介いただき、また金銭的な支援もしていただきました。その節はたいへんお世話になりました」

夫婦が深々と頭を下げると、聡もそれに倣う。

「やめてください。父のしたことは、俺にはなにも関係ありません」

「いえ、父のクリニックでは兄も副院長を務めておりまして、家族ともどもどれほど感謝してもし足りません」

――……この人たちには選択肢が与えられてないも同然なんだ。

門宮の者として本家を立てなければならないという暗黙の了解があるうえに、身内が支援を受けてしまっているのだ。

恵里が身を丸めるように頭を下げたまま、顔だけをわずかに上げた。涙ぐんだ目でこちらを懸命に見詰める。

「義父はもちろん、うちの人も義兄と一緒に返済に努めています。ご恩もかならず、お返しします。ですから、どうか聡のことは……」

修二は一瞬、妻を窘《たしな》めようとしたものの、本心は夫婦で同じなのだろう。無言のまま、つらそうに顔を歪めた。

両親と並んで座る聡はしかし、さっきからずっと真顔で表情に変化がなく、ただ前方を見ている。

「聡くん」

志磨が呼びかけると、黒い眸が視線をこちらに向けた。

「聡くんは、どうしたい？」

「俺は、決まったようにします」

「どっちでもいいってこと？」

少年が頷き、また正面へと視線を向けた。

もしかすると彼は医師になりたい気持ちがあって、本家の養子になることが嫌ではないのかもしれない。

長男のその反応に、ついに恵里の目から涙が溢れた。修二がその背をさする。

あとは場が沈んで話らしい話にならず、志磨は辞去することにした。

両親とともに玄関先で見送りをしてくれた聡に、志磨ははっきりした口調で告げた。

「聡くん、もっとも優先されなければならないのは、君の気持ちだよ。これは君の人生を大きく変えることなんだ」

エレベーターに乗りこみながらスマホで十李にメッセージを送る。どうやらずっとそこで待っていたらしく、エントランスを出たところに十李が立っていた。

「話し合い、できましたか？」

「できたけど、一番大切なところがよくわからなかった…」

「一番大切な？」

駅のほうへと並んで歩きだしながら、志磨は考えこむ。

「聡くんは本当は――」

「お兄さん…っ！」

背後から掠れぎみな少年の声が響いた。振り向くと、内浦聡が駆け寄ってくるところだった。彼は志磨に追いつくと、躊躇うように十李を見た。

「あの…」

「彼は――その」

関係を説明しようとしたとたん、的確な表現が出てこなくて言葉に詰まってしまった。

十李が微笑みながら聡に告げる。

「初めまして。門宮さんの大学の後輩の、榮枝十李です」

「は、初めまして。内浦聡です」

ぺこりと頭を下げる聡は、両親といたときとは様子が違っていた。

志磨は腿に手を置いて少し膝を折り、視線の高さを近づけた。

「なにか俺に言っておきたいことがある？」

するとと、聡は三回も大きく頷いて、打ち明けてくれた。

「俺、本当は街を造る仕事がしたいんです。この街みたいなのを、俺も造りたくって、だから大学も建築学部とかに行きたいんです」

その目が次第に潤んでいく。

「それに……父さんとも母さんとも巧とも、離れたくないんです。巧はすごくドジだしすぐ泣くから、俺がいてやらないとダメなんです」

聡の言葉を、志磨はしっかり受け止めた。

まだ狭くて細い肩を、両手で包む。

「よくわかったよ。教えてくれて、ありがとう」

「でも……」

聡が力なく視線を落とす。

「でも、俺が好きなものになったら、みんなが困る……。困らせたくない」

養子の話が持ち上がってから、自分の本心を周りに悟られないように気を付けながら、彼はひとりきりで悩みつづけてきたのだろう。

「……君の大切な人たちが困らないように、俺がなんとかする」

目許を真っ赤にして聡が見詰め返してきた。

「ごめんな。これは本当は俺の家の問題で、聡くんも聡くんの家族も巻きこむべきじゃなかったんだ」

明るい顔で手を振る少年に見送られながら、志磨は十李とともにふたたび駅のほうへと歩きだした。角を曲がって振り返っても少年の姿が見えなくなってから、十李が言ってきた。

「さっきの子、先輩に似てますね」

「それはないだろ」

こんな髪色とピアスの男とはほど遠い。

「目許がよく似てますよ。それと真面目で一生懸命なところも、先輩に似てます」

でも言われてみれば、昔の自分には少しだけ似ているのかもしれない。

そう思ったら、なんだか過去の自分を助け出そうとしているような気持ちになってきた。

「俺は——父さんとしっかり話をつける。俺自身のためにも」

明るい午後の光のなか、十李が目を細める。

そして、急に手を繫いできた。

手をほどこうとして……でも、ほどきたくないと思ってしまう。

十李がそのまま歩きつづける。

「本当、に？」

「先輩、俺の出身地は？」

訊かれて「千葉だろ」と返して、ここも千葉だということを思い出す。

「今夜はうちに泊まりましょう」

地元を案内されて、海沿いにある緑豊かな公園を散歩した。

夏休みだから家族連れが多い。昔から楽しそうな家族を見ると、自分の家族と比べてしまって胸が苦しくなったものだが、なぜか十李といるとそれが薄らぐようだった。

海水浴客で賑わう人工海浜から少し離れたところにある堤防に並んで座った。

目の前に広がる海は夕刻の色に満たされ、東京湾の向こう岸の街並みは、沈む太陽を背にして黒いシルエットの塊と化している。

「はぁ…」

自然と、気の抜けた声が漏れた。

「いい場所だな」

「先輩を連れてきたかったんです」

「うん」

潮風に目を閉じても、瞼の裏が明るい。

「ねえ、先輩は子供のころ、なにになりたかったんですか？」

「なにって……」

目を閉じたまま、いろんなものの下敷きになってしまっている遠い過去を思い出そうとする。

ふいに左膝が疼いた。

「あ…っ」

驚いて瞼を跳ね上げ、十李を凝視しながら呟く。

「医者、だ」

十李もさすがに意外そうな顔をする。

「え？　医者になりたかったんですか？」

頷いて、左膝を掌でくるむ。

「この膝を治してもらって、医者になりたいって思ったんだ……」

医師になるのは生まれたときからの既定路線だった。

そこに自分の意思が初めてはいったのは、交通事故の怪我から回復させてくれた存在へ、純粋な感謝と憧れをいだいたときだったのだ。

決められていたレールと、なりたいものが重なったため、自分の将来の夢として明確に意識することはなかったのだけれども。

「将来の夢を訊かれたら、医者だって答えないといけなかったからそうしてたけど、……俺の本当の夢でもあったんだ」

声が震える。

「自分のことなのに、こんな大切なこともわからないでいたのか、俺は」

腿を拳で殴る。

「わからないまま大学を辞めて、逃げて、自分の夢まで投げ捨てようとしてたんだ」

俯く視界のなか波が幾重にも寄せてきて、藍色と橙色《だいだいいろ》が混ざりだした海面の、藍色の領域を塗り増やしていく。

「いま気が付けたんだから、充分じゃないですか」

ゆるやかな声で、十李が言う。

「……俺だってそうですよ。本当の自分の夢をわからないまま、突っ走ってました」

「そう、なのか？」

「そうですよ」

十李ですらそうなのだから、自分もそれでいいのかもしれない。

少しだけそう思うことができて目を上げると、陽の姿はすでになく、名残の色だけを空に滲ませていた。

榮枝家に着いたのは十九時になろうという時間だった。

十李の実家は年季のはいった戸建てで、家の前に立つと料理のいい匂いが漂ってきた。初めて来る家なのに、懐かしいような不思議な心地になる。たぶん、人がぼんやりと思い描く「実家」のイメージに近いのだろう。……志磨の実家は要塞めいた外観で、広さのぶんだけ空気が冷たかったものだが。

「おかえり、おにい」

玄関にはいると、高校生らしき少女が廊下をパタパタと走ってきた。Tシャツにジャージのハーフパンツというラフな姿だが、十李の妹というのが納得の美少女ぶりだ。長い髪を後ろでざっくりとひとまとめにしていて、フェイスラインのおくれ毛が整いすぎた顔立ちに緩さを足している。

「先輩、妹の杏奈《あんな》です」

初めて十李の家族を紹介してもらって、志磨は緊張を覚えながら会釈する。

「門宮志磨です。今日はお世話になります」

「おにいがいっつもお世話になってます」

目をキラキラさせながら見詰めてくるのは、なかなかの威力だ。

十李の母親も迎えに出てきて志磨と挨拶を交わし、「さぁ、ご飯にしましょ」と朗らかな笑顔で促した。

リビングダイニングに置かれたテーブルでは、眼鏡の男性が新聞を読んでいて、志磨を見ると立ち上がり、やはり笑顔で迎えてくれた。

十李の両親はふたりとも整った顔立ちをしているものの気負った空気はなく、温厚でおしゃべりだった。

長方形のダイニングテーブルの誕生日席に座る志磨は、初めのうちこそかなり気が張っていたが、ごく自然に話しかけてくれる一家に、いつしか自然な笑顔を引き出されていた。

「十李の家族は、なんかすごいな」

風呂上がり、十李の部屋に戻ってから素直な感想を伝えると、「え、普通じゃないですか？」と十李が言い、少し考える顔をした。

「ああ、でも普通よりはいろいろあったかもしれません。俺が不登校になったり、父の事業がダメになって借金かかえたり。母も仕事をかけ持ちして朝から深夜まで働いてた時期もありました。杏奈はいつも空気を明るくしようと頑張ってくれてました」

うまくいかないことがあっても家族で乗り越えてきたのだから、やはりすごいと志磨は思う。

――うちは、うまくいかなかったらバラバラになるだけだ。

それで、自分は切り捨てられた。

十李が風呂を使いに階段を下りていく足音を聞きながら、志磨は部屋を見まわした。

机とベッドはブラックのパイプに、ダークブラウンの木材を組み合わせたもので、全体的に落ち着いた雰囲気だが、シェルフには地球儀やラジコン、グローブ、バスケットシューズなども並んでいた。

受験勉強の名残の参考書が本棚をぎっちりと占めている。近づいて見てみると、それらの背表紙はよれていて、どれほど懸命に勉強していたかが伝わってきた。

外見の華やかさから天才タイプだと思っていたのだが、血の滲むような努力をして返済不要の奨学金枠を勝ち取ったのだろう。

その本棚の横の壁へと何気なく視線を流し——志磨は眉をひそめた。

広範囲にわたって壁紙が傷んでいて、壁がへこんでいる部分がいくつもあったのだ。その部分に指を這わせていると、短いノックでドアが開いた。

「麦茶、どーぞ」

杏奈がグラスを両手にして部屋にはいってきた。

「ありがとう。十李なら風呂に…」

「うん、知ってる。これは門宮さんとあたしの」

そう言いながら片方のグラスを志磨に手渡す。

杏奈は残ったグラスの麦茶をひと口含んで、言った。

「それ、おにいが中学生のときに作った傷」

「中学のときって――もしかして不登校になったときの？」

杏奈の、ただでさえ大きい目がさらに大きくなる。

「えっ、おにいから聞いたの？　不登校のこと」

頷くと、彼女は視線を揺らして呟いた。

「そっか。……そうだよね。だから、この部屋に泊めようって思ったんだ」

杏奈の細い指が、傷んだ壁紙を撫でる。

「……不登校の理由は、家族にも教えてくれなかったんだけどね。この部屋から出てこなくなって、ここに頭を打ちつけたり、ひと晩中なにかを殴ったりする音がしてた。この壁の向こうがあたしの部屋なの」

当時のことを思い出しているのだろう。その目が涙ぐむ。

「あたしはまだ小学生だったんだけど、優しかったおにいが別人になっちゃったみたいで怖かった……あたしじゃ、おにいの力になれないのが口惜しくて、悲しかった。いろいろグチャグチャな感じ」

「……うん」

杏奈が壁からこちらに視線を向けて、にこりとした。

「でも半年ぐらいして部屋から出てきてくれるようになって、学校には行けなかったけど、ご飯作ってくれるようになったんだよね。受験もして高校は行けるようになって、ちょっと派手な人たちとつるんでよく都内で遊んでたみたい。高校二年の夏だったかな。急に、医学部に行くって言い出して、めっちゃ勉強しだしたの」

「そこから始めて結果を出したのか。さすがだな」

「うん。さすが、あたしの自慢のおにい」

そう言って残りの麦茶を飲み干すと、杏奈はすっきりした顔つきで志磨に身体を向けた。

「門宮さんは、おにいにとって、すごくすごく特別な人なんだね」

「……お兄さんのほうこそ、俺にとって……これまでにない特別な人なんだ」

重く返しすぎたかと思ったが、杏奈が嬉しそうににっこりする。

「おにいのこと、よろしくお願いします」

深々と頭を下げられて、十李も慌てて頭を下げる。

「いや、俺のほうこそ――」

ちょうど頭を下げあっている場面で、開けられたままのドアから十李がはいってきた。

彼は怪訝そうな顔をしながら、妹のTシャツの襟ぐりに後ろから指を引っかけた。

「こら、先輩にちょっかい出すな」

杏奈が頬を膨らませて言い返す。

「すっごい好みの顔の人連れてくるから、あたしの彼氏候補かと思ったのに、違うんだもん」

「当たり前だ。先輩はガキになんて興味ない」

「ガキって、もう十七ですぅ」

そんな言い合いをする杏奈は、はしゃいでいるように見えた。

妹を部屋の外に連行してドアを閉め、十李が苦笑いする。

「すみませんでした。うるさい奴で」

「いいな。あんな可愛い妹、俺も欲しかった」

「えっ、先輩まさか……下は何歳違いまでありですか?」

志磨は笑いながら麦茶のグラスを十李に差し出す。

「全然そんなんじゃない。これ飲んで落ち着け」

「よかった。あいつあれでモテまくるんですよ」

安堵した顔でグラスを受け取ろうとした十李が、志磨の指ごとグラスを摑んだ。そのまま俯いて顔を寄せてくる。湯上がりの湿度を肌で感じる。

唇が重なって、グラスのなかの液体が大きく揺れた。

部屋のペンダントライトはナツメ球がついていない作りだったから、十李がライト機能のある地球儀を枕元に置いてくれた。

明かりを消すと、小さな地球が闇に淡く浮かび上がる。

十李はシングルベッドに、志磨は床に敷かれた客用寝具に横になった。

この部屋で志磨は育ったのだ。中学二年のときになにかがあって、不登校になり、ここでひとり苦しんでいたのだ。それを思うと胸が引き絞られたように痛んだ。うつ伏せになって地球儀の、茶色や緑で着色された大陸を見るともなく眺めていると、ベッドが軋む音をたてた。

十李が枕持参で隣に横になる。彼のために志磨は端に身体をずらした。

仰向けで志磨の顔を見上げながら、十李が小声で言う。

「俺が、ついてます」

「うん」

志磨は表情を引き締める。

「聡くんと家族を巻きこまないために、俺は父と母にじかに会って、決着をつけないとならない。……本当は、それを避けたまま逃げようとしてたんだけどな」

「そうですよね。大学を辞めて、俺の前からもパッと消えるつもりでいたんですよね？」

顔全体で不満を表明する十李に、「本当に悪かった」と謝る。

十李が小指を差し出してきた。

「約束してください。絶対に、俺の前から急にいなくならないって」

子供部屋にいるせいなのか、いつもの十李よりも子供っぽく感じられる。小指に小指を絡めて「約束する」と誓い、ふと思い出す。

「そういえば前に、言ってたよな。不登校になったときのことで、まだ決着をつけてないことがあるって」

「……、はい」

十李の顔がわずかに曇る。

彼にとってそれは、自分がかかえている親との問題と同じような、大きなことなのだろう。

「俺は実家に行って、決着をつける。……そしたら、十李も、決着をつけないか？」

長い沈黙があってから。

「わかりました。約束します」

小指の絡みつきが強くなる。

どちらからともなく顔を近づける。唇が触れただけで、頭のなかが甘く痺れた。

「ん…」

十李の手にその痺れている後頭部を包まれて、彼のうえに載るかたちになりながら、互いの舌を舐める。

　さすがに十李の実家の、しかも壁一枚隔てて妹がいる部屋でこれ以上のことはできないと思ったのだが――気が付いたときには下腹部のものが強張ってしまっていた。しかも、やはり硬くなったものを腿に押しつけられている。

　下腹部へと十李が手を伸ばしてきた。借りたハーフパンツのうえから触れられただけで、全身が痺れて、唇を重ねたまま「んぁ…っ」と声を漏らしてしまった。慌てて顔を浮かせ、口を手の甲できつく押さえる。

「先輩……感じすぎ」

　指摘する十李の小声は、上擦っていた。

「ちょっと待っててください」

　十李が起き上がると、机のうえに置いてあった財布を手にしてなにかを取り出し、布団に戻ってきた。見慣れた小さなパッケージをふたつ手にしている。

「先輩、膝立ちしてください」

「え?」

「実家の布団を汚すわけにはいかないので」

「――」

　今夜はこれ以上は、しない。そう思っていたはずなのに、もっと十李と触れあいたいという渇望に、どうしても勝てなかった。

シーツに両膝をついて腰を上げると、十李の手で、下着ごとハーフパンツを腿のなかばまで下ろされた。Tシャツの裾が露骨に持ち上がる。パッケージが破られる。装着しやすいように、志磨はシャツの裾を自分で捲《まく》った。

地球儀が放つやわらかい光に、反り返ったものを照らされる。それに薄いゴムが被せられていく。十李の育った子供部屋でいやらしい姿を晒していることに、罪悪感と昂ぶりとが同時に嵩を増していく。先走りがゴムのなかへと垂れた。

十李がTシャツを脱ぎ捨てて、向かい合うかたちで膝立ちする。スウェットパンツが下ろされると、下着の前の合わせが裂けそうになっていた。

「……っ」

頭が激しく痺れて、志磨はシーツに両の掌をついた。

「せんぱ――…ん…」

大きく張った先端を口に含んだとたん、十李が慌てたように志磨の頭に手をかけた。上目遣いで見上げながら、舌で亀頭をくるくるとなぞる。

やはり今日の十李はいつもより幼いように感じられた。簡単に余裕をなくして、困ったように眉根を寄せる。それでいて快楽には勝てず、さらに性器を膨らませた。

幹まで唇を被せていくと、興奮に浮き上がった筋がありありと感じ取れた。口のなかでペニスがドクンドクンと脈打つ。

頬の内側で先端を包み、裏筋の張りを舌でなぞる。

その頬の膨らみを十李が指で撫で、露わになっている胸や腹部を興奮に震わせた。

これまで幾度もしたことのある行為なのに、妙に新鮮で、いやらしい。

十李のものをしゃぶりながら、志磨は腰をよじる。痛いほど腫れきった茎のなかを先走りが漏れように通り抜けていく。もしゴムを着けていなかったら、シーツに大きな染みを作ってしまっていただろう。

唇からねっとりと性器を引き抜き、その下の双嚢《そうのう》を舐めまわし、齧《かじ》るように口に含む。

「う…く」

そそり勃つものが頭を振り、志磨の顔へと透明な蜜を大量にかけた。十李が付け根をきつく押さえる。締まった腹部が力を籠めてわななく。懸命に射精をこらえる様子にそそられる。

ふたたびペニスを口に収めれば、十李がだらしなく口を半開きにする。

どこか少年じみた十李を前にして、珍しく年上の余裕を味わっていたのだが——ふいに十李が背を丸めて、志磨のシャツの裾をべろんと捲った。そして胸へとじかに指を這わせた。

「…、……ん、ふ」

尖《とが》った乳首を摘まれて、志磨は背筋を波打たせる。

十李が指先を擦りあわせるようにすると、胸から下腹部へとピンと糸が張ったようになる。その糸がどんどん張り詰めていって、ふつりと切れた。

「んん――……」

口に含んでいるペニスが暴れたかと思うと、濃厚な粘液を放ちはじめた。

寝具を汚さないように、志磨は懸命に喉を蠢かせてそれを嚥下していく。そして陰茎のなかに残っているぶんまで啜った。口から抜いたペニスを舌で綺麗にする。

十李の腰が、抜けたみたいにすとんと落ちた。

薄闇にも真っ赤になっているのがわかる顔を掌で擦る。

「鼻血出そうです」

「……十李、可愛いな」

しみじみ言うと、十李に肩を押された。正座を崩した姿勢で尻餅をつくと、下腹部へと手を伸ばされる。

「ぁ…」

ゴムをずるりと外される感触に身震いする。

それを目の前に突きつけられる。

「いっぱい出ましたね」

先端にたっぷりと溜まった白濁を指で揉まれる。志磨の嫌がる顔を愉しんでから、十李はそれを口許へと運んだ。

「お、おいっ」

十李が顎を上げて唇を開き、大きく舌を出す。

どろりとした白い粘液が舌のうえに溜まり、喉のほうへと重たく流れていく。十李の喉が幾度も大きく蠢いた。

そしてすべて飲みこんだことを、舌を出して証明する。

「ご馳走《ちそう》さまでした。美味しかったです」

満足そうな笑顔で言われて、志磨は思わず顔を引き攣らせる。

「……お前、ちょっと変態っぽいよな」

「先輩が俺を変態にしてるんでしょう」

「俺のせいなのか」

一拍間があって、十李が目を細めた。

「そうですよ。全部、先輩のせいですよ」

家族が揃った席で朝食を取るとき、昨晩の十李とのことがあって後ろめたさを覚えたのだが、隣室の杏奈にも気づかれていなかったようで、志磨はひそかに胸を撫で下ろした。

を眺めた。
　榮枝家をあとにする前、十李の部屋でひとりになる時間があり、志磨は改めてその部屋
　どれも十李に関わってきたものだと思うと、胸が痛むほど貴重なものに感じられる。
　——この机で勉強してたんだな。
　ダークブラウンの木製の天板に目をやり、志磨は目を眇めた。机になにか文字が彫って
ある。
　当時好きだった子の名前だろうか。少し胸にざわめきを覚えながら確かめる。力まかせ
にガリガリと削ったのがわかる、荒いアルファベットだ。
　Sの文字から始まる。次がH、I、M……。
「え？」
　目を疑ってもう一度確かめようとしたところで、廊下を歩いてくる足音が聞こえて、慌
てて机から離れる。
「先輩、お待たせしました。行きましょう」
「あ、ああ」
　千駄ヶ谷のマンションに帰るまでのあいだ、十李と言葉を交わしてはいたものの、志磨
の頭にはずっと、机に彫られた五文字が点滅していた。
『ＳＨＩＭＡ』

出会ってから四ヶ月。そのあいだに十李が実家に戻って彫ったのだと考えれば辻褄《つじつま》は合う。

けれども、なぜかそうではないような気がしていた。

きっと尋ねれば、十李は教えてくれるのだろう。

けれどもあの削り出された文字には負の感情が籠められていたようにも感じられて、確かめるのが怖くて口にできないままマンションへと帰りついてしまった。

9

左膝が疼いて目を覚ます。

雨の音が聞こえる。

横倒しの身体を後ろから十李に包まれている。昨晩の行為のまま、どちらも全裸だった。

さすがにセミダブルのベッドは男ふたりで寝るには狭すぎる。

……十李のための場所を、作ってもいいのだろうか？

そんな考えが浮かんだとたん、机に彫られた文字が思い出された。

深く根を張る自己否定感がそれを養分にして一気に増殖する。

胸元へと回されている十李の手をそっと摑んでどけようとすると、寝ぼけた十李が喉を鳴らしながら後頭部に顔を擦りつけてきた。

インターホンが鳴って、志磨はようやく十李の腕から抜け出ることができた。素っ裸のままリビングに行き、モニターを確かめて顔をしかめる。

またインターホンが鳴らされる。

黒いスウェットパンツだけ身に着けた十李が、「どうしたんですか?」と訊きながらモニター画面を見て、眠気が吹き飛んだ顔になる。

「二階堂じゃないですか」

わざわざ二階堂が訪れたということは、また志磨が嫌な気持ちになるようなネタを持ってきたに違いない。十李もそれを察しているのだろう。

「俺が出ます」

志磨の盾になるみたいにモニターの前に立って、通話ボタンを押す。

「榮枝ですが、どういったご用件ですか？」

『なんだ。やっぱり同棲してるんじゃないか』

二階堂が薄い唇に淫靡《いんび》な笑みを浮かべる。

それを無視して、十李が言葉を重ねる。

「用件がないなら、お帰りください」

するど嫌がらせのようにたっぷりと間を置いて、二階堂が言った。

『内浦聡くんのことなんだけどね』

とたんに嫌な予感がこみ上げてきて、志磨はインターホンに顔を寄せた。

「聡くんに、なにが……」

『とてもおもしろい展開がね』

志磨は舌打ちしながら、エントランスドアの解除ボタンを押した。

「上がってきてください」

二階堂が十階に上がってくるまでに、ふたりとも服を着て、顔に水を叩きつけることまではできた。

「じゃあ、コーヒーをもらおうかな」

部屋にはいるやいなや、二階堂はソファに座り、今日もまたコーヒーを要求した。淹れさせるだけで口をつけないとわかっているから、カップの底が透けるほど薄いインスタントコーヒーを志磨は作った。

そのあいだに十李がカウンターのスツール二脚を、ローテーブルの前に並べる。それに腰かけると二階堂を見下ろすかたちになって、心理的に余裕が生まれた。

二階堂が眼鏡のブリッジを指先で上げながら言う。

「君たちには、がっかりさせられたよ。僕がせっかく養子になる子の情報を教えてあげたのに、なんの役にも立てられないとはね」

志磨はおのれを鼓舞して、かつての家庭教師に反論する。

「俺は——俺たちは、動きました。聡くんにも彼の両親にも会って、話を聞いた」

「おや、そうなのか。でも話を聞いただけで、なにもしなかったんだろう?」

「来週末に、実家で父と会う予定です。その時に、内浦家のことも含めて話し合います」

二階堂が腕組みをして、ソファの背凭れに身を預ける。

「来週末、ね」

嘲笑に鼻を鳴らして続ける。

「できない子はやはり、なにをさせてもダメなんだな」

二階堂の言葉に被せて、十李が問いただす。

「内浦聡くんに、なにがあったんですか?」

いつもより数段低い声音で、感情を押し殺しているのが伝わってくる。

二階堂が謎かけをするふざけた調子で返す。

「内浦聡くんは、いまどこにいるでしょうか?」

「どこって……」

志磨は頭から血の気が下がるのを覚える。

「まさか、もう門宮の家に……」

「正解。三日前からね」

先週の日曜日に千葉の内浦宅を訪ねて、今日は土曜日だ。あの訪問から三日後、聡は門宮家に連れて行かれたわけだ。

本心を打ち明けてくれた少年の気持ちを思い、志磨は心臓を拳で押さえる。

——助けるって誓ったのに、俺は……。

「院長と奥さんから、大至急、優秀な家庭教師を推薦してほしいと頼まれたよ。今度はもう失敗できないからってね」

その言葉が胸に突き刺さって、心がぐらつきそうになる。

——そうだ。そもそも、俺が失敗しなければ聡くんは……。

「出て行ってください」

突然、横から強い声が響いた。

十李がスツールから立ち上がり、二階堂を睨みつける。憤るその横顔は端正なぶんだけ容赦のない冷酷さを帯びていた。

「もう話はわかりました。これ以上、先輩の前にいないでください」

有無を言わせない威迫に、さすがの二階堂も目に見えてひるむ。

そして動揺したことが腹立たしかったのだろう。コーヒーをひと口含んで、薄い泥水のようなそれに顔を歪めた。

「いいのか、志磨くん。僕に対してこんな扱いをして」

この男は、もしかするとまだ盗撮動画を所持しているのかもしれない。それをばら撒くと言外に脅しているのだろうか。

しかし、そういう可能性についても、すでに十李と相談済みだった。

両親と対峙する前に過去に向き合って客観的に整理する必要があり、十李はこの一週間、その作業に付き合ってくれたのだ。

志磨もまたスツールから立ち上がる。

「二階堂さん」

もう自分は、二階堂の教え子ではない。

そもそも家庭教師だったころですら、彼には自分を盗撮する権利も支配する権利もなかったのだ。

「もしまだ俺の動画を所持しているなら、すぐに消してください。もしそれがどんな経緯でも流出することがあれば、あなた自身が破滅します」

二階堂は、メリットとデメリットを天秤《てんびん》にかける男だ。だから、話をつけるのならば、そこを衝くのが最適解だ。

彼は医師としての自分に疵がつくことだけは絶対に避ける。もし志磨の動画が流出すれば、それは同時に被写体に無断で撮影した性的動画を二階堂が所持していたという証拠になる。

さらに言えば、志磨の性的動画など流出させた暁には、門宮家は二階堂のことを徹底的に潰すだろう。たとえ息子に対してなにひとつ思い入れがなかったとしても、一族の名誉のために鉄槌を下す。

だから、二階堂は決してみずから動画を流出させることはない。

よって、この脅しは成立しないのだ。

一般的にリベンジポルノなどというものは、棄てるものがない人間による、稚拙な感情の発散法だ。

十李がさらに釘を刺す。

「PCやスマホの修理や廃棄後の復元、いまはどんなかたちで外部に出るかもわかりません。この世からデータを完全に消し去って、間違っても流出させないようにしてください。ご自分のために」

二階堂の顔はいまや蒼白《そうはく》になっていた。

「そんなものは、所持していないっ」

まともに志磨の目も十李の目も見ずに声を荒らげると、二階堂はなかば走るようにして退散していった。

玄関ドアの鍵をかけて戻ってきた十李が、肩をすくめて呆れ顔で言う。

「ずいぶんと打たれ弱かったですね。あんなのが医師になって大丈夫なんでしょうか」

膝が笑って、志磨はスツールに腰を落とした。

「……勝てた」

三年間、自分を支配しつづけた男に勝つことができたのだ。

その勝利体験が心身に染み渡り、新たな自分の血肉になっていくのを感じる。

そして自分がいまなにをしなければならないかが明確に見えてくる。足腰に力が戻る。

志磨はふたたび立ち上がり、十李に告げた。

「実家に行く」

午後になると雨脚がいっそう強くなった。天気予報によれば、夜半にかけて東京は集中豪雨に見舞われるらしい。

傘を並べて、志磨と十李は長くて高い塀沿いに歩いていた。十李が傘を斜めにして、塀を見上げながら言う。

「うちの実家が軽く十軒は建ちますね」

南麻布《みなみあざぶ》にある門宮邸は、広大な敷地に緑豊かな庭を有している――そう表現すれば優雅なイメージだが、実際のところは緑でカモフラージュした要塞めいた造りだ。それは利便性と堅牢性《けんろうせい》を重視する門宮の家風を反映していた。

「あそこが裏門だ」

角を曲がった志磨は、十李に指差して教える。

正門からぐるりと外周を回ったところに、使用人専用の出入口があるのだ。裏とはいえ、車が通れる門と、その横の小さな通用口がワンセットになっていて、充分な広さがある。

母は、父から志磨を家に入れないようにと言われており、それを遵守する。だから、母と常時五人はいる家政婦、そして四人の警備員に見つからずに侵入する必要があった。

……来週末には両親と話し合いの席を設けることになっているが、それまで聡を不安な思いのままでいさせたくなかった。

二階堂が去ったあと、すぐに内浦家に電話を入れてみたところ、両親ともひどく沈みこんでいた。門宮家からの遣いの者が迎えにきたとき、聡はみずから「養子になる」と申し出たのだという。スマートフォンも置いていかされ、門宮家に電話をしても聡に替わってもらえないのだと、母親は泣いていた。弟の巧が「兄ちゃんを返せ！」と泣き喚いているのが、ずっと聞こえていた。

志磨が実家に電話をしても正面から行っても、まず聡とは話させてもらえないだろう。

それならば、こっそり侵入するしかない。

彼の本心はすでに知っている。それでも「養子になる」と言わざるを得ないような事情があったに違いない。その事情も踏まえたうえで、聡の本当に望む生活を送れるようにすると、再度約束をして安心させたい。

――あんな苦しい日々を、あの子には絶対に送らせない。

「裏門からなら、問題なくはいれるんですか？」

十李に尋ねられて頷く。

「裏門は玄じいが管理してるんだ」

「ああ、庭師の玄じいですか。先輩が飛び降りるのを止めてくれた」

「そう、その玄じいだ。使用人は鍵を持ってるけど、業者の出入りの管理は玄じいがしてる」

「それなら問題なくはいれそうですね」

志磨は頷き、裏門の通用口横にあるインターホンを押した。強い雨音のなか『はい』とノイズ交じりの声が応答する。それが玄じいの声と少し違っているようにも感じたのだが。

「玄じい、俺だよ。緊急の用事があるんだ。入れてくれ」

そう告げると、『少々、お待ちください』と、今度は明らかに若いとわかる男の声が返ってきた。

志磨はきつく眉を歪め、十李の腕を摑んで走りだした。

「まずい。玄じいじゃないっ」

裏門からはいる計画は失敗だ。

塀沿いに走って角を曲がろうとしたときだった。

「待ってください！　志磨様」

若い男の声に呼びかけられた。

身元が割れてしまったのなら、逃げる意味もない。立ち止まると、雨のなかを傘もささずに男が走ってきた。庭師の法被《はっぴ》を羽織っている。

志磨は目を眇めて、雨を縫うように凝視する。見覚えのある顔だ。

追いついてきた男に尋ねる。

「もしかして、壮太《そうた》くん、か？」

「はい！　田畑《たばた》玄の孫の壮太です。祖父の手伝いで庭のお手入れをしにきた折に、何度かお目にかかったことがあります」

　壮太は小学生のころから夏休みになると、門宮家の敷地内にある祖父が住む小屋に寝泊まりして、庭仕事の手伝いをしていた。何度か志磨も喋《しゃべ》ったことがあったが、将来は祖父のような庭師になりたいと目を輝かせる彼が羨ましかった。

　大学にはいってからは志磨は一度も実家に帰っていなかったから、最後に壮太を見かけたのは四年前だった。彼は高校生で、園芸科に通っていた。その頃に比べると身体が縦にも横にも大きくなり、がっしりとした頼もしい印象の青年になっていた。浅黒い肌に胡坐をかいた鼻やしっかりした眉などは祖父譲りで、玄じいの若いころはこんなふうだったのだろうと思わせられた。

　志磨は壮太の頭のうえに傘を差し出しながら、気がかりに尋ねる。

「玄じいは、元気にしてるのか？」

「去年引退して、いまは地元でのんびりしてます」

「そうか……それならよかった」

　安堵の溜め息をつくと、壮太が声を低めて訊いてきた。

「なにか祖父に御用があっていらしたんですよね？」

「……そう、なんだけど」

玄じいは長年、門宮家の庭と裏門の管理を任されていて、使用人のなかでも安定した地位を築いていた。また、志磨がかつて精神的に追い詰められていたこともわかってくれていたため、聡に会いたいという無茶な頼みごとを引き受けてくれるだろうと考えたのだ。

口籠もっていると、壮太が真摯な顔つきで言ってきた。

「あの……祖父はずっと志磨様になにもして差し上げられないと気に病んでいました。志磨様が大学進学で家を出られたときは、これで安心して隠居の支度にはいれると喜んでいました。俺はそれで祖父の仕事を引き継ぎましたが——もし、志磨様のお力になれることがあるなら、なんでも致します。まだまだ未熟者ですが、どうぞ祖父の代わりだと思ってください」

「玄じいさんという方は、心ある人なんですね」

志磨と相合傘をしている十李が、しみじみと言う。

するど壮太が子供のころと同じように白い歯を見せて笑った。

「はい。尊敬できる祖父ちゃんです」

管理人小屋は平屋建てのログハウスで、玄じいが使いこんできた木製の家具類で調えられた温かみのある空間だ。本棚には植物や園芸に関する専門書がずらりと並べられている。

壮太がほうじ茶の注がれた茶碗《ちゃわん》を天然木のテーブル——テーブルも椅子も玄じいのお手製だが、プロの家具職人なみの腕前だ——に置きながら言う。

「中学生の男の子ですよね。確かに水曜日の夜から、門宮邸にいます」

志磨はテーブルに身を乗り出すようにする。

「その子と、どうしても話さなければならないんだ。どの部屋にいるか、わかるか？」

わずかに躊躇ってから、壮太が答える。

「二階の、階段を上がって右斜め前のお部屋です」

「……俺が使ってた部屋か」

息子を挿げ替えるのだから、その部屋を聡に与えるのは自然なことだ。

そして使用人たちも、そのように受け止めているに違いなかった。

「家政婦たちの話によると、風呂とトイレのとき以外は、外から鍵をかけられて閉じこめられているそうです」

かつて志磨も、「勉強時間」には外から鍵をかけられていた。自分の意思で部屋から出られないというだけで、窒息しそうな息苦しさを覚えたものだ。

——聡くんは、いまそれを味わってるんだ……。

やはり一刻も早く彼と会わなければならない。

「俺の部屋なら、梯子があれば窓まで行ける」

「それなら、あそこにある三連梯子で間に合います。門宮邸の一階部分は天井が高いですが、あれなら七メートルあるので」

部屋の片隅に横倒しにしてある梯子を、壮太が指差す。

「じゃあ、あれを貸してもらう」

気が急いて長椅子から腰を上げかけると、隣でスマホを操作しながら十李が言った。

「雨雲の予報サイトによれば、あと二時間後に集中豪雨になるようです。その頃のほうが人目につきにくいし、物音も聞こえにくいでしょう」

窓の外を見てみる。雨脚は強いものの、確かに目隠しになるほどの降り方ではない。

壮太が十李の言葉に頷く。

「それがいいと思います。いまはたぶん、家庭教師が部屋にいるでしょう」

「え、もう家庭教師がついてるのか？」

「昨日から学力診断のテストをずっと受けさせられているらしいと、部屋に食事を運んでいる家政婦が漏らしてました」

養子になるべく連れてこられたのに、聡は部屋に閉じこめられてテストを受けさせられ、食事も部屋で取らされているのだ。

「そんなの、人間扱いじゃない」

言葉を吐き出しながら、かつての自分もまたそれに類する扱いを受けていたのだと、改めて客観的に理解する。

生まれたときからそのような「家庭」という環境にどっぷり浸かっていたから、自分だけで気づくのは困難だったのだ。

十李の家族と過ごした数時間が、気づきの大きな援《たす》けになってくれたのだと思う。

条件なしで、互いへの肯定感が自然に湧き上がる関係。

――……俺も。

思いがこみ上げてくる。

――俺も、誰かと、そういう関係になりたい。

でもそれはきっと、自分のような姑息《こそく》な人間には無理なのだろう。

予報どおり、午後六時を回るころには土砂降りの雨になっていた。

壮太によれば、この時間帯なら聡は部屋でひとりで夕食をとっているらしく、タイミングもベストだった。

三人とも庭師用の黒い雨合羽を着て、外に出た。見つかっても問題ない壮太が先に行き、警備員や室内からの人目がないことを確かめて、梯子をふたりがかりで携えた志磨と十李に合図を送る。

豊かな樹木と雨に隠れながら、要塞然とした建物へと近づいていく。

二階の、かつて自分の部屋だったところの窓には明かりが点っていた。

壮太が三連梯子を手早く伸ばして、その部屋の窓の下へとかける。

「じゃあ、行ってくる」

目指す二階は、通常の家であれば三階部分に相当するほどの高さだ。手足が雨で滑って何度もひやりとしながらもアルミの梯子を上りきり、窓のなかを覗いた。

勉強机に向かって、少年が座っている。机のうえには食事が載せられているが、それに手をつけることもなく、背を丸めて俯いたまま動かない。

それは夢を語ってくれた少年とはまるで別人のようだった。

……もし自分が子供だったころに、こんなふうに部屋を覗く者がいたとしたら、同じようにに萎れた少年の姿を見たに違いない。

志磨は、窓を拳でそっと叩いた。しかし雨風の音に紛れてしまって、聡は気づかない。

今度は強く叩いてみる。すると、少年がのろりとこちらを見た。

室内が明るくて外が暗いせいでガラスが鏡状になり、志磨の姿が見えていないらしい。

もう一度、窓を叩くと、怪訝そうな顔をしながら聡が立ち上がった。

そして窓に近づき、外に人影があることに気づいて怯《おび》えた様子で数歩下がったが、勇気を振り絞って、窓を開けてくれた。

「え…っ、なんで……」

動顛する聡の横へと、志磨は窓枠を乗り越えて、降り立った。口許に人差し指を添えて静かにしているように指示を出してから、室内が盗撮されていないかを確認する。広角で部屋を監視できて機器を隠しやすい場所は、二階堂に盗撮されていたことがあるからわかっている。

「とりあえず、撮られてはいないみたいだな」

部屋をひととおり確認して、念のためドアの前にキャビネットでバリケードを作ってから、志磨は改めて聡の前に立った。

「ここに連れてこられたこと、すぐに気づけなくて、本当に悪かった」

深く頭を下げると、聡が首を横に振った。

「約束したとおり、門宮の家とは俺が話をつけて、聡くんがこれまでどおり家族といられるようにする」

すると、無言のまま聡が深く項垂れた。

「聡くん？」

「俺——養子に、なる」

無理やり喉から押し出した声はしゃがれていた。

「そんな……。だって、聡くんには将来の夢があって、家族と一緒に暮らしていきたいんだろう？」

伏せられた少年の目から涙が零れ落ちる。

どうしたらいいのかわからなくて、志磨は棒立ちになる。自分は大切なことを見落としているに違いない。焦燥感ばかりが募り、泣く少年を前に言葉のひとつも出てこない。

窓のほうから物音がして振り返る。

「十李…」

彼は雨合羽のフードを後ろに下ろしながら志磨と聡を見詰め、状況を言い当てた。

「聡くんが、このままでいいって言ったんですね」

「どうしてわかるんだ？」

「内浦のご両親は、聡くんはみずから養子になると言ったと話していましたよね」

「ああ」

「先輩が内浦家を訪ねてからたったの三日で、門宮家は聡くんをここに連れてきた。そしてその三日のうちに、聡くんも考えを翻した。偶然なわけがありません」

志磨はハッとする。

「誰かが、俺が内浦家に行ったことを門宮の家に密告して、しかも聡くんを説得したということか」

「そう考えるべきでしょう。二階堂は――違いますね。彼にメリットはない」

内浦家を訪ねたときに得た情報を、志磨は頭のなかで引っくりかえす。ほどなくして答えは出た。

「聡くんには、クリニックの問題で門宮に借金をしている祖父と伯父がいたな」

黙りこんでいた聡が、強い目つきで訴えてきた。

「祖父ちゃんじゃない！」

「それじゃあ、伯父さんのほうか」

「――」

聡が唇をきつく嚙み締める。

その震える肩に十李が手を置いた。

「全部ちゃんと話していい。大丈夫だから」

急に足腰に力がはいらなくなったように聡がふらついた。十李がその細い身体を支えて、ベッドに座らせる。

幾度か嗚咽を漏らしてから、聡が堰を切ったように話しだした。

「父さんにも母さんにも内緒でって言われたんだけど、伯父さんに……頼まれたんだ。俺が門宮の養子になったら、借金が全部なくなって、みんな幸せになれるって。うちの父さんは医者にならなくて――親不孝したから、俺は医者になって、祖父ちゃんを喜ばせないといけないって。……父さんも、本当はそうしてほしいのに言えないでいるだけだって」

少し噎せてから続ける。

「伯父さんには子供がいなくて、門宮の一族から外されないためには、俺と巧のどっちかは絶対に医者にならないといけないって言われた。……巧は絶対になりたくないはずだから……だから、俺」

志磨は聡の前に膝をついて座った。

そうして見上げると、俯いた聡の顔は涙と鼻水でぐちゃぐちゃになっていた。ここに来てから、ずっと泣くのをこらえていたのだろう。

十李がティッシュボックスを手渡してくれた。ティッシュペーパーを何枚か引き抜いて差し出すと、聡はそれで顔を殴るみたいに拭いた。拭く端から、涙で頬が濡れていく。

「家族のためになればと、思ったんだね」

志磨の言葉に、聡が何度も頭を縦に振る。

「でも聡くんが幸せじゃなかったら、聡くんの家族もやっぱり幸せじゃない」

そう語りかけながら、十李ならまだしも、家族とまともな関係を築けなかった自分にこんなもっともらしいことを言う権利はないと感じていた。

……それでも本心から思っていることであり、伝わってほしいと願う。

「電話で話したけど、お父さんもお母さんもすごく落ちこんでて、巧くんは『兄ちゃんを返せ！』ってワンワン泣いてた。お父さんもお母さんも弟も、少しも幸せになってない」

「巧……泣いてるんだ」

後悔の色が、その生真面目そうな顔に拡がる。

「俺が——中学受験なんてしなかったらよかったのかな。そしたら、こんなことに、ならなかったのかもしれない」

もともとの性質もあるのだろうが、たった三日のあいだに聡のなかには自己否定と自己批判とが蔓を伸ばしてしまっていた。

その蔓に雁字搦めにされるのがどれほど苦しいことなのかを、志磨は知っている。

少年の華奢《きゃしゃ》な膝をグッと摑む。

「そうじゃない。聡くんは、自分の持てるだけの力を、思いっきり伸ばしていけばいいんだ。それを邪魔する人たちがいたら、悪いのは向こうだ」

きっぱりと言い切ると、聡が眉根を寄せて、おずおずと訊いてきた。

「俺……自分のなりたいものに、なっていい？」

「ああ」

「——家に、戻ってもいい？」

「もちろんだよ」

聡の濡れた頰に、光が戻ってくる。

「先輩、どうしますか？」

十李に訊かれて、志磨はすぐに決断を下した。

「聡くんに約束は守ると伝えるために来たけど、これ以上、聡くんをここに置いておけない」

父と話し合うまであと一週間もこの環境に置いておけば、聡はまたぞろ、自己否定と自己批判に苛まれることになる。これ以上、この子の疵を深くしたくない。

「じゃあ、連れて逃げましょうか」

十李がどこか冒険を楽しむような、いたずらっぽい顔をする。

「賛成」と志磨が右手を挙げると、聡も右手を大きく挙げた。三人一致で答えが出る。

志磨は自分の雨合羽を聡に着せると、自分がしんがりになるかたちで梯子を降りた。

壮太に事情を話し、彼が責任を問われることがないように梯子は庭の物置から盗んだことにし、また裏門の合鍵をひとつもらい、元から志磨がそれを所持していたことにした。

これでも一応は門宮の息子なのだから、裏門の鍵を持っていても不自然ではない。

門宮邸をあとにしたその足で千葉に向かい、内浦家に聡を送り届けた。

巧は兄の姿を見るやいなや、真っ赤に泣き腫らした顔で弾丸のように聡に体当たりして抱きついた。母親はふたりの息子を抱き締めて、やはり涙を流していた。

志磨は内浦修二を通路に呼び出して、どうして聡が養子になると言い出したのかを話して聞かせた。

「兄貴が、そんなことを——」

修二は兄が息子を脅してまで本家に捧《ささ》げようとしたことに、顔を蒼白にして憤った。

「俺のほうでも父と話をつけますが、二度と聡くんが自分を犠牲にすることがないようにしてあげてください。どうか、お願いします」

頭を下げると、修二もまた深く頭を下げた。

「養子になりたいと聡が言ったことで、親の私たちが混乱してしまったのが本当に情けないです。息子たちのことをもっとしっかり理解して、かならず守ります」

——聡くんと家族なら、きっと大丈夫だ。

そう思えて、安堵とともに胸がやわらぐ感覚を志磨は覚える。

かつての自分に、少しだけなにかをしてやれたような気がしていた。


聡を送り届けて千駄ヶ谷のマンションに帰ってから、志磨は実家に電話を入れた。

当然のことながら聡が消えたことで大騒動になっており、母親はすっかり取り乱していた。志磨が聡を連れ出したのは自分だと告白すると、スピーカー機能にしてあるスマホから裏返った甲高い声が響いた。

『どういうつもりなのッ——あなたは、どこまで私の足を引っ張れば気がすむの？』

それは幼いころから、テストで百点が取れなかったときに繰り返し言われてきたセリフだった。百点が取れたときの母のセリフは『これで、なんとか面子が立つというものだわ』だった。

減点方式しかない家庭で、志磨は生まれたその時から点数を引かれつづけていた。

それは東大理三にはいれなかった時点でゼロになり、家族のなかでの志磨の存在は消された。

「どう言われようと、本人が望まないのに家族と引き離して門宮家の犠牲にするのは間違ってます」

母に対して、こんなふうに正面から自分の考えを伝えるのは初めてだった。

『あなたはそれでよくても、私が困るのっ。それをどうしてわかってくれないのっ』

激昂したその声に、反射的に心臓が縮こまる。

身体が震えてスマートフォンを取り落としそうになると、十李が志磨の手ごと握り締めてくれた。手の甲からじんわりと温かさが拡がり、自然と気持ちが凪《な》いでいく。

――俺はいま、家族とも自分とも向き合わないとならないんだ。

「聡くんのことも含めて、母さんにも父さんにも話があります。来週の日曜に時間をいただいているので、その時に」

そう告げて電話を切ってからほどなくして、父の秘書の女性から電話がかかってきた。

明日の日曜日、二十時に門宮邸に来るようにとのことだった。

「予定より一週間早まりましたね」

十李はまるで自分のことであるかのように、真剣な顔をしている。

ひとりきりで立ち向かうわけではないのだと思うことができて、心が強くなる。

「過去を乗り越えないと、先に進めない」

そう呟いてから、十李に向けて言いなおす。

「俺は、先に進みたいんだ」

10

線状降水帯が形成されたせいで、日曜も朝から激しい雨が降りつづいていた。

三年半ぶりに再会した父はスリーピースのジャケットを妻の手で脱がされながら、その黒く冴え冴えとした眸で息子のことを頭のてっぺんから足の爪先まで一瞥《いちべつ》した。そして無表情のまま、応接室のひとり掛けの革張りソファに身を沈める。五十代なかばとなっても、その肉体は長時間のオペに耐え得るように鍛え上げられているのが、服のうえからでも見て取れる。

母のほうは志磨と目を合わせないまま、向かい側のソファの端に腰かけた。

整形外科医、門宮規志《ただし》は靱帯の再建手術において世界屈指の腕を持つと評されている。アスリートや音楽家が藁にも縋る思いで世界中から訪ねてくる。そうして、多くの人から涙ながらに感謝されている。

医師がみずからの技術でもって人を援けることを正しさとするのならば、父は圧倒的な正しさをまとっている。

しかも門宮財団の私設奨学金で、医学を目指す優秀な若者を数多く支援してきたのだ。

そんな完璧な父から減点されつづけ、その正しさからどんどん遠退いていくことが、子供のころからつらくて怖くて仕方なかった。出来損ないの自分を、志磨は憎んだ。

いまもこうして父の前にいるだけで、ソファに座っていてすら身体が揺らぐような感覚に襲われる。心臓の動きがおかしくなり、胸部を締めつけられているかのような苦しさを覚える。頭のなかが冷たく痺れだす。

自分には、ここに座っている権利すらない。

その思いに圧し潰されそうになるのを、懸命にこらえる。

『俺の大切な人を、悪者扱いしないでください』

十李の言葉が耳の奥に甦る。

たとえこの家族のなかで無価値であったとしても、それがすべてではないのだ。

なんとか、父の目を見ることができた。

「お前は、自分がなにをしたのかを理解しているのか?」

金属的な硬い声で淡々と問われて、志磨は返す。

「わかっています」

「まさか、いまだに門宮を継ぐのは自分だとでも思っているのか?」

「思っていません」

「それならどうして、自分が空けた穴を埋める人材を逃がした?」

父の声や視線は、心にも肉体にも冷たく沁みる。

「内浦聡くんもご家族も、それを望んでいないからです。聡くんは脅されて、養子になることを承諾したにすぎません」

「素材は正しい場所に置かれてこそ、一流のものに仕上がる。彼をあの凡庸な家庭に置いておくことは一族の損失であり、大きな間違いだ」

「……間違っているのは、父さんのほうです」

生まれて初めて、父の考えを面と向かって否定した。喉から心臓が出そうになる。全身が緊張に強張り、冷たい汗が項に噴き出す。

それでも、鳥肌のたつ腕を手で握り締めながら志磨は続けた。

「聡くんは、門宮のための素材じゃない。彼には彼の望む人生があるんです」

父の目が瞼で半分隠される。

「お前はそれだから、使い物にならない」

頭のうえまで液体窒素に浸けられて冷凍されていくような感覚に陥る。……子供のころから数えきれない回数、父にこうして精神を沈められた。

過呼吸が起こりそうな予感に心臓が引き攣れるなか、また耳の奥で声が響いた。

『なんてことしてくれたんだよ——俺の、大切な人に』

——十李……。

十李が大切にしているものならば、自分もまた粗末に扱ってはいけないのではないか。

それがたとえ自分自身だったとしても。

――父さんがどれだけ正しいとしても、父さんからの評価を俺が受け入れる必要はない。

俺は……自分を否定しない。

冷凍されきる前に、身体の芯に熱が宿る。全身を覆いかけていた強張りがわずかに緩む。

それでも呼吸はまだ苦しくて、肺の奥まで空気がはいっていかない。

母の声がキンと耳に突き刺さってきた。

「私は志磨さんに選りすぐりの家庭教師をつけて、全身全霊をかけて門宮家の後継者を育成しようと努めました…っ。それなのに、志磨さんはそれを水の泡にしたのです」

息子を詰る言葉であり、夫に弁明する言葉でもある。

詰りながらも、母は存在自体を否定するかのように、決して志磨を見ようとしない。

――……苦しい。

この家を離れて三年半のあいだ、変わろう変わろうと足掻いてきた。

『案外、見た目ほどは変わってないのかな?』

眼鏡の奥の赤みの強い目。あの目に自分は監視され、見世物扱いされていた。

天井の高い広々とした応接室にいるのに、子供部屋に閉じこめられている錯覚に見舞われる。手足の先が冷たく痺れ、それが次第に拡がっていく。

「あ……――」

喘ぐように口をパクつかせたときだった。

ふいに、廊下のほうで騒ぎが起こった――かと思うと、応接室のドアが勢いよく開けられた。

十李が立っていた。

その腕は制服姿の警備員に摑まれている。騒ぎを聞きつけたもう三人の警備員も、十李に飛びかかる。

床に膝をつかされる十李の姿を目にした瞬間、身体中の痺れが吹き飛び、志磨はソファから跳ねるように立ち上がった。

十李へと駆け寄り、彼に覆い被さる警備員たちを引き剝がす。

「この人は俺の――」

はっきりと言葉にする。

「俺の大切な人だ！　触るなっ」

十李の見開かれた目が、光を湛《たた》えていく。

「志磨先輩……」

曲がりなりにも門宮家のひとり息子の言葉を無視するわけにもいかず、警備員たちは互いに顔を見合わせ、「失礼しました」と言いながら退いた。

志磨が十李の腕を支えて立ち上がらせると、母はソファから腰を上げ、探るような表情で尋ねた。

「どちら様かしら？」

麻のジャケット姿の十李が、綺麗な背筋を前傾させて頭を下げる。

「志磨先輩と大学でご一緒させていただいている、榮枝十李と申します」

母は露骨に品定めする視線を向けたものの、十李の外見からは瑕疵《かし》を見つけることはできなかったらしい。「……そう」と呟きながらソファに座りなおし、付け足すように言った。

「いまは家族で大事な話をしているところですの。お引き取りください」

「それならば、俺も話し合いに加わる必要があります」

怪訝な顔をする母と、冷ややかに観察する視線を向ける父に、十李が告げる。

「先輩は、俺にとって家族と同じぐらい大切な人です」

そう言いながら志磨の上着のポケットに手を入れて、スマートフォンを取り出した。

そのディスプレイには、起動中のアプリが表示されていた。

門宮邸の正門前で別れるときに、十李は志磨のスマートフォンを操作してポケットに入れ、『スマホには触らないでください。俺は裏門から壮太に入れてもらって彼のところで待機していますから』と言ってきたのだった。

「ここまでの話は、俺も共有させてもらっていました」

「盗聴なんて下品なことをしていたのっ⁉」

声を荒らげる母に、十李が静かに返す。

「盗撮なら下品ではないのですか？」

母が目を剝き、唇をわななかせた。

そんな妻に冷たい視線を投げてから、父が口を開いた。

「聞かれて困るような話はしていない。必要な人材育成について、共通認識を持つための席だ」

「では、俺もこの場に同席させてもらいます」

十李はひるむことなく、志磨の手を摑むとソファに並んで座った。

「君が同席することに、どういう必要性があるのだろう？　家族だの大切な人だのという情緒的な面以外で」

父からの質問に十李が答える。

「志磨先輩がこの家で受けていたものは、教育という名の虐待です。その環境下での話し合いで、先輩が昔に引き戻されて冷静でいられないのは当然です。それでは意味のある話し合いにはなりません。だから、同席する必要があると考えました」

十李の辛辣な指摘に、しかし父は感情的になることもなくあっさり頷き、評価を下した。

「なるほど。君はそう悪くはない人材のようだ。息子に比べれば」

「人材という言葉は、社会的な評価としてもちいるもので、家庭内に持ちこむべきものではありません」

「門宮家というのは家庭ではなく、医学界の一翼を担う社会的集団だ」

「だから門宮家のためならば、血縁者は個々の望みや幸せを棄てるべきだと？」

「我欲を棄てるのは、恵まれた者の当然の務めだ」

衒《てら》いもなく父は言い切る。

十李が苛立ちをこらえるように、ひとつ深呼吸をした。そして再度、立ち向かう。

「人間の基盤を作るのは家庭です。それが機能していない家で育った子供は、基盤を作るために人の何倍もの苦労を強いられます。その苦労も実らず、自分を腐らせていくことも多くあるんです」

「素材が悪ければ、どんな恵まれた環境でも腐る」

「この環境こそ、人を腐らせるものなのではありませんか？　内浦聡くんを養子にしたところで、彼もまた苦しみ、自分を腐らせるほうへと向かうでしょう。たとえ、あなた方が望む学歴を手にしたとしても」

ひとり掛けソファに身を沈めていた父が、上半身を背凭れから離した。十李を直視する。

「そこまで言う根拠はどこにあるのかね」

「俺は志磨先輩が過去の自分と戦っているのを見てきました。根がまっとうだからこそ、こんな環境で育っても腐りきれずに、苦しんで、もがいてきたんです。聡くんは、昔の先輩に似ています」

志磨は十李を見詰めた。

——昔の俺?

これまで何度も違和感を覚えたことがあったが、いま、その正体が鮮明になっていた。

——……十李は、昔の俺を知ってる?

大学で知り合うよりずっと前の、門宮志磨を。

父の苦々しい声に意識を引き戻される。

「似ているとは思えない。志磨には気骨というものがない。親の顔色を窺って、気に入りそうなことばかり答えるような背骨のない人間だ」

「っ、それは、あなた方がそういうふうに……」

思わず感情的になる十李の腿に、志磨は手を置いた。

確かに、自分は両親の——特に父親の顔色ばかり窺っていた。

父親から気に入られたいと、渇望していたからだ。

「父さん」

志磨はまっすぐ父を見詰めた。父が機械的に視線をこちらに向ける。

その熱のない視線に心が折れそうになるが、自分を奮い立たせる。

「俺には、将来の夢がありました——いえ、いまでもそれは変わりません」

「どうせ、医師だろう」

「そうです」

冷笑が父の顔を波打たせた。

「いまだに私に阿《おもね》ろうというわけか」

志磨は自分の左膝を——雨のせいでズキズキと痛んでいる古傷を、グッと摑んだ。

「俺の夢は九歳のころから、医師になることでした」

父が怪訝そうに眉をひそめる。

この告白をすることは、完全な敗北を意味するのかもしれない。それでも、これもまた自分の本当の気持ちなのだ。

「事故に遭って自分の脚を見たとき、もう切り落とすしかないんだと思いました。でも父さんに治してもらって、リハビリをしたら前と同じように走れるようになって——まるで魔法みたいだと感動しました。……俺は、父さんを尊敬して、憧れたんです。……父さんのような整形外科医になりたいという夢を持ちました」

父の表情に変化はない。

「俺はこの家で望まれる人材にはなれませんでした。それでも、俺はいまでも医師になりたいと思っています。それは、誰に押しつけられたものでもない、俺自身の希望です」

部屋がシン…と静まり返る。

長い沈黙のあと、父が口を開いた。

「それを私に話すことに、どういう意味がある？」

感情のない声で問われる。

自分の言葉が父に響かないことはわかっていた。それでも自分のなかで決着をつけるためには、しなければならない告白だったのだ。

そしてもうひとつ、重要な交渉をしなければならなかった。

「医師になることは、俺自身の夢です。だから絶対に叶えるつもりでいます」

いまの大学の医学部では、年間で三百五十万円以上の学費がかかる。四年次の学費はすでに全納済みだが、ストレートで医師国家試験に合格するにしても、残り七百万円以上はかかる。

そのことについては十李ともよくよく話し合った。

『これまで親に振りまわされてきたんです。卒業までの学費も生活費も、負担させることに負い目を感じることはありません』

十李は強くそう主張したが、志磨のなかにはもやもやとした迷いがあった。

ひとり暮らしを始めるようになってからのマンションの賃貸料を含めて生活費は親から振りこまれていたため、バイト代は丸ごと手つかずで貯めてあった。それで来年度ぶんの学費は賄える。しかしやはり、卒業までの生活費も含めた額にはまったく足りない。実習が始まれば、これまでのようにバイトもできなくなる。

不本意でも、医師になるためには手段を選んでいられない。

「大学を卒業するまでにかかる費用で足りないぶんは、借金をさせてください。医師になってから、かならず返します」

頭を下げると、父がソファから立ち上がった。

「意味のない投資だ」

十李が弾かれたように立ち上がり、父へと大きな足取りで迫り、目の前に立った。

「どこまで人の気持ちを踏み躙《にじ》れば、気がすむんですか？　志磨先輩のことも、聡くんのことも……あなたには、人の心が欠けています！」

「人の心などなくても、医師としての役目は果たせる。逆にいえば、心があっても役目を果たせなければ無価値だろう」

天才と称される医師の発する言葉には、冷徹な正しさがあった。

十李が握った拳を震わせる。

「先輩の人生にも聡くんの人生にも、二度と関わらないと約束してください」

抑えこみきれない感情に、声がわずかに掠れていた。

「それはできない。手順を誤ったせいで獲得しそこねたが、内浦聡を門宮家で正しく育成すべきであることは、この先も本人と家族に説いていく。愚かでなければ理解するだろう。

理解できないほど愚かであるのならば、当家には不要な欠陥品だ」

「……決して、あなたの望むようにはなりません。あなたは、いったい子供をなんだと思っているんですか？」

「子供の育成は手術と同じだ」

「手術と、同じ？」

「結果がすべてだ。手術にも人材育成にも、成功か失敗かしかない」

くだらない会話はこれで終いだと言わんばかりに、父が大きな動きで踵を返し、ドアへと歩きだす。

その背中に、十李が厳しい声を投げつけた。

「子供は、大人にとって都合のいい人材に加工されるために、いるわけじゃありません」

父がドアノブに手をかけ、振り返らずに答える。

「うちではそうなっている」

「世間では違います」

ドアを開きながら、父が横顔で十李を見返した。そして、問う。

「本当に、そうなのかね？」

言い返そうとした十李が言葉に詰まって、グッと喉を鳴らした。

父が部屋を出て行ってドアが閉まると、啜り泣きが響いた。志磨は視線を巡らせ、母のうえでそれを止める。

母は蒼褪《あおざ》めた顔で俯いていた。

「私、は——ただ、門宮家のためを、思って……志磨さんが、立派な跡継ぎになれるようにと、それが正しいことだから……あの人の妻として、それを成し遂げなければならなかったのに」

詰る上目遣いを志磨へと向ける。

何年ぶりかに、母子の視線がまともに絡みあった。

「裏切って逃げ出したあなたに、どうして邪魔をされなければならないの？　今度こそ失敗できなかったのに……挽回《ばんかい》できるチャンスだったのに、どこまで私を追い詰めれば気がすむのっ？」

志磨は目を眇める。

かつて手段を選ばずに自分を支配しようとした女のなかに、違うものが透けて見えていた。

「……母さんのことが、初めて少しだけわかった気がする」

「私の心労が、ようやくわかったということかしら？」

「母さんは、俺と同じように苦しんでたんだ」

「……」

怪訝と不安が、女の顔に入り混じる。

「父さんの望むように、俺を仕上げなければならなかった。そうでないと、母さんもこの家でいらない人材になってしまうから。だから、必死だったんだ」

「――……私は」

母の視線が大きく揺らぎ、縋れるものを探すように行き来する。しかししばらくすると、力なく瞼が垂れた。

きつく整った顔立ちが、一気に十歳も二十歳も年老いたかのように見える。

「……やめてちょうだい。私は、あなたとは、違う」

しわがれた声に、遠くから聞こえる雷鳴が重なった。

自分に絡みついていた最後の蔓が力を失っていくのを志磨は感じる。

肺の奥底まで空気が到達した。

「母さん、俺はもう行くよ」

これまで母に話しかけたなかで、一番優しい声が自然に出た。

「勝手にしなさい」

母の声は、これまで聞いたなかで一番、脆《もろ》かった。

バスルームに水音が響く。

志磨はボクサーブリーフ一枚で空っぽのバスタブのなかにはいり、体育座りをするかたちで窮屈に脚を折り曲げ、項を縁に載せていた。

洗い場のほうにはやはり下着姿の十李がいて、志磨の頭皮に指を滑らせている。耳の裏に触られて、くすぐったくて思わず首を曲げると、「動かないでください」と注意された。

頭を泡だらけにされてから、シャワーで丁寧に流された。

タオルで押さえるように髪の水気を取られる。

志磨はさかしまに十李の顔を見上げながら、からかう。

「お前なら客の髪洗うだけでカリスマ美容師になれる」

「ふざけてないで、髪を乾かしにいきましょう」

急かされて立ち上がり、隣の洗面所に移動する。

志磨を鏡に向かって立たせると、背後に立った十李がドライヤーを手にした。

頭皮を撫でられながら髪に風を当てられていく。

「くすぐったい。自分でやる」

ドライヤーを取り上げようとするが、「ダメです」と拒否された。

乾かし終えたところで、十李が鏡越しにうっとりとした顔で言ってきた。

「やっぱり、先輩は黒髪のほうが断然いいですよ」

大学にはいってすぐに色を入れたから、黒髪の自分を見るのは久しぶりだった。

やたら華やかな顔立ちの十李が同じ鏡のなかに収まっているだけに、なおさら落差を覚える。

「真面目が取り柄みたいな地味さだよな」

「これが俺の好みです」

「……」

「耳が赤くなりましたよ」

「うるさい」

振り返りながら睨みつけると、唇をやわらかい感触にギュッと押された。不覚にも心臓が跳ねる。

唇をわずかに離して、十李が改めてじかに見詰めてくる。

光が漏れ零れるような灰褐色の眸が眩しい。

初めのころは、この眸が苦手だった。過去の最悪な思い出が甦ってくるからだ。けれども十李との日々に上塗りされて、いまは苦さよりもどうしようもない甘さが強く胸に満ちる。

十李が顔を傾けて、また唇を重ねてきた。

口を開けば自然に舌がはいってくる。その舌先を軽く噛んでやる。

「ッ…もう、照れないでくださいよ。可愛いなぁ」

「お前、いろいろといい気になりすぎてないか？」

「同居から同棲に格上げになったんですから、浮かれますよ」

そう言いながら十李が志磨の腕を摑んで洗面所を出る。

この十李のマンションに越してきてから、まだ一週間もたっていない。部屋の隅には志磨の荷物がはいったダンボール箱がいくつか積まれている。家具類など嵩張るものは処分したため、思ったより荷物は少なかった。

両親との話し合いを終えてから、ふたりで今後のことを現実的に練った。

学費も生活費も親からの支援はなくなるとして、どうすれば大学を卒業できるかを計算した結果、十李の部屋で一緒に暮らすことになった。

五年次の学費は、これまで貯金してきたバイト代で賄える。問題は六年次だが、どうしても足りないぶんは十李のバイト代で補塡すればどうにかなるという試算が出た。

それは志磨としては気が引けることで、かなり悩んだが、十李相手だからこそ頼るという選択をすることができた。

十李のマンションは、駅までバスか自転車を使う距離で築年数がたっていることもあり、賃料が安いわりに広さはそれなりにあった。むしろタイルや木材を多用したレトロな作りは、趣があるぐらいだ。一階の物件で、窓からは庭の緑が見える。

庭でツクツクボウシが鳴いている。

「ねぇ、先輩」

誘う声音とともに腕を引かれ、ベッドルームにはいる。

そこにはダブルベッドが置いてある。「同棲記念」として、ふたりで初めに購入したものだった。

……これからも一緒にいるのだという約束の証のようで、ベッドを見るたびに志磨は照れくさい気持ちになる。

志磨をベッドに座らせて、十李がカーテンを閉める。完全遮光ではないから、部屋には八月も終わりの陽射しが透け落ちる。

十李が向かい合わせにベッドに上がる。膝頭同士がくっつく。

いつにも増して十李の視線が熱い。

「なんだよ?」

心地悪くなってきて訊くと、十李が髪に指を絡めてきた。

「夢みたいです」

「……そんなに黒髪がよかったのか」

涙ぐんだ十李が呼びかけてくる。

「志磨」

先輩をつけずに呼び捨てされただけで、身体がピクンと跳ねてしまった。

「なぁ、お前、やっぱりいい気になって……」

「嫌ですか?」

甘く掠れる声で問いかけながら、十李の手が腿の素肌を這いだす。耳元で、また「志磨」と名を呼ばれる。

身体中がトクントクンと脈打ちだす。

下着の裾から忍びこんだ指に茎を触られただけで「ん…あぁっ」と声が出た。それが思いのほか大きくて、自分で驚く。

十李が目を細めて囁く。

「壁が薄いから声は我慢してください」

「……わか……、っ、んっ」

亀頭をなぞられて、歯を食いしばる。軽くくすぐられているだけなのに、先走りの湿った音が漏れだしていた。

首筋から胸へと唇を這わせながら、十李が上目遣いで視線を合わせてくる。尖った乳首を咥えられた。

志磨は掌できつく口を押さえる。声を止めた反動なのか、身体がビクッビクッと弾む。

——なんか、おかしい……。

気のせいではなく、いつも以上に過敏に反応してしまう。すでに痛いほどペニスが強張っていた。乳首を軽く吸われただけで体内の深いところが疼く。

恥ずかしさといたたまれなさが、どんどん嵩んでいく。

——髪色を戻したせい、か？

大学にはいって髪色を変えたとき、鎧《よろい》でも着たかのような心地になった。お陰で素の自分とは違う、チャラついた人格をまとうことができた。

けれども、その鎧を脱いだいま、ここにいるのは素の門宮志磨だった。

生真面目で融通が利かない、情けない自分だ。

その自分のまま十李に求められている。

「ん——…は」

乳頭を熱い舌でさするように舐められながら亀頭の窪《くぼ》みを指先でトントンと叩かれる。叩かれるたびに先走りが漏れて、腰が痺れる。つらくて十李の手首を摑むと、素直に下着から手を抜いてくれた。

胸から顔を離した十李が、俯いて微笑む。

「こんなに感じてくれて、嬉しいです」

下着の前の部分は広範囲に濡れて色を変えていた。布のうえから性器をさすられると、染みがさらに拡がる。

ウエストに指を引っかけられて、下ろされた。

臍《へそ》を打つほどに反り返ったものがわななき、また先端から透明な蜜が溢れる。

「今日は、おかしい、んだ」

言い訳をするように呟くと、十李が腰を浮かせて下着を下ろした。

「俺も、すごくおかしいんです」

負けず劣らず限界に近くなっている十李のものを目にして、甘苦しい衝動が湧き起こり
――気が付いたときにはそれを両手で握っていた。

すると十李が息を乱して、同じように両手で志磨のものを握った。

相手に気持ちよくなってほしいという願いが、同じほどの強さで互いのなかにあるのがわかる。過剰な刺激はないのに、気持ちよくてたまらない。

どちらからともなく膝立ちをして、先端を密着させる。合わさった場所で混ざった蜜が、糸を縒《よ》りながらシーツへと滴り落ちていく。

唇に十李の唇がくっつく。身体のやわい二ヶ所を重ねていると、波に乗るような体感が訪れた。その波が次第に高くなっていく。

ほとんど同時に、どろりとした濃い粘液を漏らすように放った。

頭のなかが明滅して腰をすとんと落とすと、十李が正面から体重をかけてきた。力がはいらないまま志磨は仰向けに倒れる。

両脇に手をついて、十李が覆い被さり、見下ろしてくる。

「好きです」

その言葉がすうっと心にはいってきた。

そして、はいってきたのと同じぐらい自然に口から出た。

「俺も十李が好きだ……嘘みたいに」

十李が嬉しくてたまらない顔で頷いた。


ツクツクボウシの鳴き声がいつしかやんでいた。

カーテンに透ける陽光は消え、部屋はとても暗い。

「ん――」

志磨を抱き枕にしている十李が喉を鳴らして、呟いた。

「明かり……点けます」

起き上がろうとするその身体に、志磨は抱きつく。

「このままで、いい」

「でも真っ暗は苦手ですよね」

「……こうしてれば、大丈夫だ」

暗くても十李の体温をじかに感じていられると、不安のあぶくが鎮まっていく。

志磨はふっと笑った。

「お前の心臓、ドクドクしてるな」

「……心臓だけじゃありませんけど」

腿に硬いものを擦りつけられ、正面からそれを腿のあいだに挿しこまれた。

その部位もドクドクと脈打っている。

「挟んでてください」

腿を閉じると、十李が甘い溜め息を漏らして抱きつき返してくる。

むずむずする感覚と眠気とが絡まって、もどかしい心地よさに包まれていると、ふいに
枕元で志磨のスマホの着信音が鳴り響いた。

だるい動きでそれを手に取った十李が、ディスプレイを確かめて唸る。

「二階堂からです」

無視したいところだったが、わざわざ二階堂が連絡してくるのは、それなりの用件があるときだ。

十李の手からスマホを抜いて、電話に出る。

「なにか用ですか？」

『マンションを引き払ったそうだけど、もしかして榮枝くんのところかな？』

「あなたには関係ありません」

『つれないね。僕は大切な連絡を、奥様から仰せつかってるんだけど』

嫌な予感に胸がざわめく。

「母さんから？　……まさか、聡くんのことでなにか」

『彼のことではないよ』

「それ以外で、大切な連絡って？」

問いかけながら、腿のあいだに十李のペニスを挟みこんだままだったことに気づく。

十李と目が合う。その目が細められ、暗がりに煌めく。

向かい合わせで横倒しになったまま、十李が腰をくねらせた。会陰部を持ち上げるように硬いもので擦られて、志磨は小さく吐息を漏らし――慌てて唇を噛み締めた。

二階堂が淡々とした口調で言う。

『奥様から預かっているものがあるから、じかに会って渡したい。明日の二十時に、不忍池の蓮池テラスにいる』

電話が切れる。

「どういう用件でしたか？」

「明日、渡すものがあるから会いたいって言われた、けど」

「けど？」

「……せっかく親と決着をつけられたのに、また気持ちを引っ張られそうで嫌だ」

素直な気持ちを吐露すると、十李が少し考えるような間を置いてから言った。

「俺も一緒に行きます。大丈夫ですよ。もし引っ張られそうになったら、俺が倍の力で引っ張り返しますから」

「――いい感じのこと言ってるけど、腰振りながらってのは、どう……なんだ？」

少し悪い声で十李が囁く。

「気持ちいいでしょう？」

もう呼吸が乱れてしまっているから、隠しようもない。

きつく腿を締めてペニスを圧迫してやると、十李もまた大きく息を乱した。

12

陽が落ちたなか、花の見頃を終えた蓮に埋め尽くされた不忍池の向こう側で、ビル群が煌々と光を放っている。

不安感が顔に出ているのか、隣を歩く十李にそっと肩甲骨のあたりを撫でられた。すると、すっと胸が軽くなる。大丈夫だと、自然に思えてくる。

不忍池にせり出すかたちで足場を組まれている蓮池テラスへと進む。

テラスには夜景を楽しむ人々の姿があったが、すぐに二階堂を見つけることができた。スーツを着た後ろ姿は、高身長というだけでなく、ピリつく高圧的な空気を放っている。

おそらくそのせいだろう。人々は自然と彼の周りを空けるようにしていた。

近づいていくと、二階堂が振り返る。家庭教師だったころもそうだったが、彼には独特の勘のよさというか、過敏さがある。それがいっそう、志磨を怯えさせたのだが。

身体を返して手摺《てすり》に背を預けて、二階堂が軽く手を上げる。

十李が、志磨を守るかのように半歩前に出た。

二階堂が首を伸ばして志磨を見る。

「おや、僕好みに戻ってるじゃないか。やっぱり志磨くんは黒髪のほうがいいね」

「用件を手短にお願いします」

苛立ちを隠しきれない声で十李が言うと、二階堂が手摺を指差した。

「なかなか重要な話だからね。人の邪魔にならないように、こっちにおいで」

十李があいだにはいるかたちで、三人並んで手摺に寄る。目の前にはビルの夜景と蓮池が広がり、ライトアップされた弁天堂が池の中央にある。

二階堂が池のほうへと向きなおり、蓮へと上体を乗り出すようにしながら志磨を見る。

「覚えてるかい。ここでデートしたことがあったね」

「……浪人中に東大医学部を案内してもらったのは覚えてます」

池の向こう側には、東京大学附属病院と大学がセットになって佇んでいる。どうしても辿り着かなければならなかったのに、伸ばしても伸ばしても手が届かなかった。

前にここに立ったときは、胸が締めつけられるように苦しかった。

けれども、今日はすべてがひとつの景色に溶けていた。ただの美しい夜景だ。

志磨の顔をじっと見ていた二階堂が、つまらなそうに上体を立てた。

「なんだ。もうおもしろい顔はしてくれないのか」

その言葉に十李が嚙みつく。

「どこまでも陰険ですね」

「苦労人なんでね」

そう返して肩をすくめると、二階堂が正面を見たままさらりと言った。

「ストレートで卒業するぶんの学費は、門宮家から出ることになったよ」

「……え?」

今度は志磨のほうが、手摺を握って池へと身を乗り出すかたちで二階堂を見た。

「どういうことですか?」

「君は恵まれたボンボンだということだよ」

苦笑しながら、二階堂が眼鏡のブリッジを指先で上げる。

「まぁ君レベルだと医師国家試験に一発合格できないかもしれないけれどね。国試浪人する場合は、そこからは自費だ」

腹に据えかねたように十李が二階堂を睨む。

「あなた方がスポイルしていたせいでしょう。志磨は、あなたとは違って志もあります。かならず、いい医師になります」

ちろりと二階堂が十李を見る。

「志磨、ね」

「……」

「このあいだ志磨くんに電話をしたとき、君も一緒にいたね」

やはり二階堂の勘は侮れない。

「二十歳じゃヤりたい盛りだろうけど、ほどほどに」

「な…」

十李ですらペースを崩されるのだから、自分が二階堂に振りまわされたのも仕方なかったのだと妙に客観的に思いながら、志磨は十李の肘を摑んで宥めた。

「こうやってこっちの反応を楽しむような奴だ」

納得できない表情ながらも、十李が矛を収める。

「学費のほうは、ありがたく借用させてもらいます。……でも、父がそんな判断をしたのは意外でした」

「『門宮本家の息子が大学を中退するなど許容できない』そうだよ」

人材としては失格でも、最低限のラベルだけは維持させたいというわけか。

苦い気持ちで俯くと、二階堂が続けた。

「奥様が院長を説得して引き出した言葉だ」

「……、母さんが？」

「あれでも一応は母親なんだね」

二階堂がスーツの内ポケットから封筒を抜き出し、それを志磨のほうへと差し出した。

受け取ろうと手を伸ばす。

指先が封筒に触れた——と思ったら、二階堂が封筒から指を離した。

「え——あぁっ」

池へと封筒が落下していく。

十李がバッと手摺を飛び越えた。柵に片手で摑まりながら手を伸ばす。封筒がぐしゃっと握り潰されながらも、その手に捕らえられた。

「だ、大丈夫か、十李っ」

「間に合ってよかった」

志磨に手紙を渡して、十李が手摺を越えて戻ってくる。

周りの人たちはなにごとかとこちらを凝視したが、すぐにまた夜の景色と風を楽しみだす。

二階堂の姿は、いつの間にかなくなっていた。

志磨は糊付《のりづ》けが破られている封筒から手紙を取り出し、美しい筆跡の文字に視線を流した。最後まで行ってからもう一回読みなおし、封筒にしまう。

風が目に触れて、涙の膜を震わせる。

『私はもしかすると、自分の弱さをあなたに背負わせてしまったのかもしれません。』

謝罪の言葉はなかったけれども、その一文だけで、なにかが報われたような気がした。

母なりに真剣にみずからを顧みてくれたのは伝わってきたからだろう。

ここから母が変わっていけるのか、保身に埋もれていくのかはわからない。

でもそれは母の問題であって、自分の問題ではないのだ。

──それでいい……。

「十李、ありがとう」

こんなふうに思えるようになったのは、十李のお陰なのだ。

「親とのことは、決着をつけられた」

十李が身体を寄せてくる。

「それなら、よかったです」

志磨は頷き、ふと思い出す。

「なぁ、約束したの覚えてるか？」

十李が視線を彷徨わせてから、蓮へと目を伏せた。

「志磨が決着をつけられたら、俺も不登校になったときのことの決着をつける、ですね」

「ああ、それだ」

勇気を奮い起こすように身震いして、十李が視線を高くへと上げた。

「俺も、決着をつけます」

＊

『俺も、決着をつけます』

三日前にそう誓ったものの、十李は深い躊躇いを覚えていた。

その決着をつけるためには、志磨を傷つけなければならないからだ。ようやく穏やかな顔を見せてくれるようになった志磨を、このままにしておきたい気持ちが強くあった。

——適当に話を作って、誤魔化そうか……。

しかしそれでは、痛みを晒して乗り越えた志磨に対して、不誠実だ。

——……俺もしっかり決着をつけないといけないいんだ。

夕食後、リビングの円形のローテーブルに向かって、八月末にある残りの夏季テストの勉強をしている志磨の姿を、十李はソファから見詰める。

黒髪の下で伏せられた瞼に、ゾクリとする。すっとした鼻筋を指先でなぞりたくてたまらない。勉強に没頭する真顔のなか、顎のホクロが場違いにふしだらで、そそられる。

どれだけ眺めていても見飽きることがない。

ひと目惚れして初恋に落ちたときのことが、昨日のことのように思い出されて、胸が甘苦しく高鳴る。

そしてまたぞろ、強い躊躇いを覚える。

——別れるとか言い出したら、どうしよう。

志磨の根が真面目すぎる性格から考えれば、その可能性も充分にある。

不安に心臓をバクつかせていると、志磨がテキストを閉じて伸びをした。

「休憩にしますか？」

「そうだな」

十李は冷蔵庫で冷やしておいた抹茶ラテをふたつのグラスに注ぎ、氷を入れた。最近の志磨のお気に入りだ。

ソファに移動した志磨がそれを啜り、目を細める。

「秋には共用試験もあるから、いまからがっつり詰めこんでいかないとな」

それならば自分の問題に「決着をつける」のは秋以降でもいいのではないか。

——志磨の勉強の集中を妨げないためにも、そのほうが……。

「……」

「十李、どうした？」

「え…いや」

自己嫌悪を覚えながら、片膝を立てるかたちで志磨のほうを向く。

「ずるいことを考えてました。俺、けっこう臆病者で姑息なんですよ」

志磨のくっきりと黒い眸が大きく揺らぎ、伏せられた。

「臆病者で姑息なのは、俺だ」

「それは親から刷りこまれたものじゃないですか」

「——違う。違うんだ」

溜め息をついて、志磨がソファのうえで両膝をかかえる。

「親とは関係ない。……俺はいざとなったら人を見殺しにするような奴なんだ。そんな奴が医者になっていいのかって話なんだけどな」

「もしかして、魘されてたのと関係あるんですか？」

今朝方、ひどく魘されている志磨を十李は揺り起こしたのだ。

家のことは決着がついたはずなのに、まだ心を煩わされることが残っているらしい。

「……いつもの悪夢を見た」

志磨が痛みをこらえるまなざしで、目を覗きこんでくる。

「その目を見てると、どうしても思い出す」

「俺の目、ですか？」

志磨が頷き、脚をきつくかかえなおす。

「……絶対にお前に軽蔑される」

十李はじっと志磨を見詰めた。

「軽蔑はするかもしれません。それでも、俺は絶対に志磨から離れません。だから、話してくれませんか？」

逡巡する長い沈黙があってから、志磨が重い口を開いた。

「俺は子供部屋に閉じこめられている。そこで過呼吸の発作が起こりそうになる。部屋の真ん中で動けなくなってしゃがみこむと、部屋の床が抜けて、俺は駅のホームにいる。線路に飛び降りれば、もう子供部屋に戻らなくてすむ。俺は線路に飛び降りる。電車に轢かれそうになったところで、またホームに立っていて、ほかの客に押されるままに電車に乗りこむ。シートに座って、環状線を回りつづける。降りたら子供部屋に戻るから、降りられないんだ。どこにも逃げ場がなくて、どこにも行けなくて、目の前が暗くなって――」

いまや志磨の身体は凍えているかのように肩をすぼめ、カタカタと震えていた。

顔は蒼白で、冷や汗がこめかみを伝っている。

「……それは、本当にあったことのコラージュですか？」

「そうだ。ただ、電車に乗る前の部分は、今朝の夢ではごっそりなくなってた。自分のなかで決着がついたからなんだろう。でも――」

志磨が言葉を絞り出す。

「でもそのあとの部分では、俺は被害者じゃない。加害者も同然だ」

十李は息を震わせ、志磨を見据える。

「話してください。夢ではなくて、現実になにがあったのか」

何度も唇を噛み締めてから、志磨は告白した。

「……現役合格に失敗して浪人生活にはいってから、両親は俺の存在を無視するようになった。まるで見えていないかのように振る舞った。それでいて朝から晩まで何人もの家庭教師が部屋に送りこまれてきた。心臓がずっとドキドキしてて、夜も眠れなくて、いつ過呼吸の発作に襲われるかと怯えた。秋になったころ、もう耐えられなくなって、俺は暗いうちに家を抜け出した。でもどこにも行く場所がなくて、通学に使ってた山手線《やまのてせん》に乗ったんだ」

うつろな顔で志磨が傷だらけの板床を見詰める。

「そのまま一周して二周して、……ただただ入れ替わっていく人たちを見てた。それぞれ目的地があって、降りていく。みんなどこかに所属してて、居場所があるまともな人たちなんだと思うと妬ましくて、自分が存在してたらいけないゴミクズなんだと思えた。目の奥が裂けそうに痛くて、その痛みが頭全体に拡がって、視界がどんどん暗くなっていって——その時、……その子が乗ってきたんだ」

十李はみずからの心臓にきつく拳を押し当てながら、抑えた声で尋ねる。

「その子って？」

「中学生ぐらいの女の子だ。ブレザーの制服を着てた。その子が乗ってきたとたん、真っ暗になりそうだった視界がパッと明るくなった。芸能人の誰にも似てない……その、天使とか、そういう特別な感じの子だった」

「……その子と、なにかあったんですか？」

「目が、合った」

志磨が乾いた唇で続ける。

「思わず目を逸らしたけど、どうしても見たくなって――そしたら、また目が合った。それを何回も何回も繰り返した。…………でも、途中から、その子の様子がおかしくなって」

呼吸するのが苦しいように、志磨がみずからの喉元に手をやる。

その指先に力が籠もり、皮膚にめりこむ。

「痴漢に、遭ってるんだと、わかった」

掠れてほとんど声にならない声で、志磨が呻くように続ける。

「助けようと思ったけど、心も身体もどうしようもないぐらい重たくて、立ち上がれなかった。それにもしかすると、その子に来てほしかったのかもしれない。俺がいる、暗くて窒息しそうなところに」

その目から涙が溢れて、頬を伝いだす。

「俺、は、目を閉じた。頭の芯がぐらぐらして半分意識が飛んだみたいになって――次に目を開けたとき、その子はいなくなってた。俺を見詰めて必死に助けを求めてたのに、見殺しにしたんだ。あんな子と俺の人生が交わるはずがないのに、最悪の方法で近づけようとした」

志磨が拳を握り、自身の左膝を力まかせに殴りつける。

「親も家庭も関係ない。俺自身が元から、吐き気がするほど卑怯な奴なんだ…っ」

ゴッ…ゴッ…と容赦なく膝を殴りつづける志磨の手首を、十李は摑んだ。

志磨が自己嫌悪に濁った目で十李を見詰める。

「その目を見ると……その子を思い出すんだ。同じ目の色をしてた」

十李は震える唇を嚙み締める。

あの時のことが、昨日のことのように甦っていた。

小学校のころから都内にある一貫教育の私立校に通学していた。あの人を初めて見たのは、中学一年の春だった。冴え冴えとした目許が印象的な高校生に、ひと目で心を奪われた。同性愛とか、そういう意識すら芽生えるより前に、惹《ひ》かれていた。

あの人を見られるかと思うと、それまで苦痛だった通学時間が楽しみで仕方なくなった。ただ、彼はとても真面目で、いつ見ても参考書や単語帳へと視線を落としていた。その俯いた真剣な顔が、いっそう十李の目には格好よく見えた。

夏休みが終わり、またあの人を見られると思って嬉々として山手線に乗った十李はしかし、一方的な再会を素直に喜べなかった。一ヶ月ぶりに見る彼はげっそりとして、疲弊しているように見えた。目の縁は泣いたみたいに充血していた。

夏休みのあいだになにがあったのか。心配でたまらなくて声をかけたくなったけれども、不審に思われるのが怖くて話しかけられなかった。

十李は彼を毎朝見詰めていたけれども、やはり彼がこちらを見てくれることはなかった。

あの人はどんどん弱った様子になっていき——翌年の春には、姿を消した。

違う車両を隈《くま》なく捜し、前後の時間帯の電車も捜したけれども、見つけることはできなかった。

次にあの人の姿を見たのは、二学期が始まってしばらくしてからだった。

前にも増してやつれていたけれども、あまりの嬉しさと驚きに、十李は幻でも見ているのかと思った。

しかも、初めて目が合ったのだ。

身体全体が心臓になったみたいにドキドキしていた。

——話しかけよう。絶対に、話しかけよう。

何度も何度も目が合って、気持ちが極限まで昂ぶり——その時、尻のあたりに違和感を覚えた。始めは気のせいかと思ったけれども、大きな手が薄い肉を揉むように動きはじめたのだ。

声を、出せなかった。

ようやく好きな人と奇跡的に再会できたのに、その人の目の前で、下半身を前からも後ろからも触られて、硬くなったものを臀部に擦りつけられた。

泣きそうになりながら、あの人のほうを見た。情けなくて怖くて……助けてほしかった。

十李になにが起きているのか、あの人が悟ったのはその表情でわかった。

……けれども、彼は目を閉じた。

目の前が真っ暗になって、身体に力がはいらなくなって――――。

十李は、ソファで身をこごめて顎へと涙を伝わせている志磨に、押し殺した声で教える。

「それは――俺でした」

志磨が目を見開き、わずかに首を横に振った。

「……、その子は、女の子だった」

「スカートを見ましたか？」

「見て、ない」

怯えと絶望とが、志磨の顔に塗りたくられていく。

「――――本当、に？」

「本当です。中学二年のときでした」

志磨の身体がビクッと震えた。

「中二、って、まさか不登校になった……のは」

一方的にとはいえ想い焦がれてきた人の前で酷いことをされたうえに見殺しにされて、身体に力がはいらなくなった十李は、男に腕を引っ張られるまま電車から降ろされ、駅のトイレに連れこまれた。服を脱がされかけたところでなんとか逃げることができたけれども、それを境に電車に乗ろうとすると眩暈と吐き気が起こるようになって、通学もできなくなった。

痴漢がスーツ姿だったせいだろう。サラリーマンを見るだけで、男に触られた感触が甦ってきた。父親のスーツ姿にすら強烈な嫌悪感を覚えた。それで部屋に閉じこもるようになったのだが、それでも突如、下半身を手が這いまわっているような錯覚に襲われた。そんな時は自分の身体を殴って打ち消そうとした。それでも消えないときは、頭を壁に打ちつけて意識を飛ばそうとした。

失恋の疵も、相乗効果で十李を傷つけた。

初恋だったのだ。見た目で人は判断できないとはいっても、あの人からは清廉で真面目な空気が漂っていた。見詰めていた一年も、姿を見失ってからも、彼のことを想いつづけていた。

その想いも時間も、すべて打ち砕かれたのだ。

「そうです。不登校になったのは、あの時のことが理由です。地元の公立中学に転校しても通えなくて……高校にはいってから、ようやく通えるようになりました」

十李は志磨に詰る視線を向ける。

「高校では派手な連中とつるんで、渋谷《しぶや》によく行ってました。……そこで、見たんです。志磨が女の子たちと歩いてるの」

髪色が変わってピアスをして雰囲気が変わっていたけれども、目に焼きつくほど眺めてきた顔を見誤ることはなかった。

どれほど、腸が煮えくり返ったことか。

自分を失意の底へと突き落とした相手は、チャラついて人生を謳歌《おうか》していたのだ。

「当時の制服から卒業高校を割り出したりして、志磨が通っている大学と学部を突き止めました。そこから死に物狂いで勉強して、同じ大学の学部にはいったんです」

「……そこまで俺を恨んでたのか」

十李は小首を傾げ、目を眇める。

「志磨を罰することを妄想してたのは確かです。志磨にしてみれば勝手に好きになられて逆恨みされて、いい迷惑でしょうが――。でも、本当のところは自分がどうしたいのか見えないまま突っ走ってたのかな。……恨みながらも、志磨のことを知りたくて知りたくてたまらなかった。傍に行って、じかに目を合わせて言葉を交わして、触ってみたかった」

無事に大学にはいったものの、医学部の一年はキャンパスが違うため、志磨と顔を合わせる機会はなかった。それでも志磨の情報を集められるだけ集めた。

興味のないミスターコンテストに推されて出場することになったとき、ここで結果を出しておけば志磨に意識してもらえるかもしれないと思った。

「志磨が本当はどんな奴なのか確認したかったし、志磨に俺を知ってほしかったんです。

そうしないと俺はいつまでも初恋に縛られて、苦しくてたまらなかったから」

志磨を振り向かせて自分に夢中にさせたうえで深く傷つくように突き放すことを想像しては、苦しさを紛らわせていた。

でもその夢想どおりにはいかなかった。

「大学の稲荷大明神の前で、振り向いたら志磨がいて、目が合って——心臓が破裂しそうになりました。痛くて切なくて、熱くて」

「十李……」

「手段を選ばずにどんどん近づいて、志磨に引かれても近づいて、……志磨のことを知れば知るほど思い知らされました。どうしようもなく、志磨が好きなんだって」

志磨が顔を赤くして、泣くみたいに目許を腕できつく擦る。何度も擦る。

「……お前、バカじゃねぇの」

どうやら本当に涙を拭っていたらしい。鼻にかかった声は震えていた。

「俺みたいな奴にひと目惚れして、自分の将来まで決めて、こんなふうに一緒にいるとか」

また顔を擦ろうとする腕を十李は摑む。

「俺にとって、それが幸せなんです」

拭いそこねた志磨の目に涙の粒が膨らんでいき、転がり落ちる。

中学生の自分を助けなかったことを、志磨は疵として、ずっとかかえてくれていた。
そしていま、自分の苦しみも恋も、丸ごと受け止めて涙を流してくれている。
自分が本当に望んでいたのは、この瞬間の訪れだったのだ。
「これで俺のほうの決着もつきました」
顔を寄せると、志磨が目を伏せた。
かつて電車で見詰めつづけていた顔に、身を震わせながらキスをする。
過去は消えない。
それでも、いまならば過去に書き足せることがある。
自分も志磨も、それぞれに一生懸命ここまで来たのだ。
未来にも過去にも、光が長く射しこんでいた。

エピローグ

「白衣式、おめでとーっ！　俺たちはよくやった！」

貫井がワイングラスを高々と掲げて、乾杯の音頭を取る。

バーの小ぶりな丸テーブルを囲んで、志磨と十李、貫井とマユユがグラスの縁をぶつけあう。

無事に共用試験に合格して、志磨と貫井は一月初旬の本日、白衣を授与されたのだった。

「『お前らなぁ、実習始まったら地獄だぞ、地獄っ』」

志磨がだみ声でサークルの先輩のモノマネをすると、貫井とマユユが笑い転げた。

「はい、これお祝いのサービスね」

マスターの矢代が、ボウル山盛りのミックスナッツとフルーツ盛り合わせをテーブルに置いてくれる。

「ありがとうございます」

志磨がスツールから立ち上がって頭を下げると、矢代が「いいのいいの。どっか具合悪くなったら、門宮くんに診てもらうから」と笑いながら言い、耳元に口を寄せて付け足した。

「彼氏くんとうまくいってるようで、なにより」

ドキリとしつつも、「はい。お陰さまで」と照れながら小声で返した。

貫井がワインを傾けながらシリアス調に言う。

「でも、まだ本番の入り口にも行けてないんだもんな。医師になるべく自覚を持って、臨床実習に臨まないとな」

マユユがナッツを嚙んで、クスクス笑う。

「大くんね、共用試験に受かったって、半泣きで電話してきたんですよ。可愛かったの」

「マユユ、それ言わないっ」

すっかりこなれたカップル感だ。

貫井が急に「あっ」と声をあげて、スツールから落っこちそうになりながら上体を前に傾けた。

「そういえば、笹本先輩たちが捕まったんだよな。年明けのニュースでやってた」

志磨は苦い顔で頷く。

笹本とほか二名が、違法薬物使用及び薬物をもちいた暴行事件の容疑で逮捕されたのだ。

「うちのサークルには、今後一切出禁ってことになった。それにほら、門宮がユカユカを守って先輩たちと揉めたじゃん。あのことでサークル内でも見て見ぬふりをするのはいけないって雰囲気になってたからさ」

「そうだったのか」

「マユユも女子たちに笹本先輩たちには注意するように言ってまわってくれたんだ」

マユユがテーブルのうえの貫井の手を握る。

「大くんも、誰かがターゲットになったときに守れるようにってマニュアルを作ってくれたんです。これまで門宮先輩が守ってくれるからって、甘えすぎてたって私たち反省して」

「いや、俺はただ——もう誰も見殺しにしないって勝手に自分ルールを作って、やってただけだから」

中学生の十李を見殺しにしてしまった後悔から、自分に課したことだった。

膝のうえで拳を握ると、テーブルの下、十李がその拳を手指でくるんでくれた。

志磨は掌をうえに向けて、指と指を絡めるかたちで手を繋ぐ。

目が合って、互いに笑みを交わす。

人前なのに露骨すぎたかと思ったけれども、貫井とマユユのほうを見ると、ふたりは互いを見詰めてデレデレになっていた。

ふたりは年末年始もずっと一緒だったらしい。

……それは、志磨と十李も同じだったのだが。

十李の家で迎えた年越しは、初めて味わう家族のぬくもりに満ちたイベントだった。

去年と今年の境目にも、志磨はこんなふうに十李と炬燵《こたつ》のなかで手を繋いでいた。

同じ炬燵を囲んでいる杏奈は、兄の幸せそうな顔を見て嬉しそうに笑い、ちょこんと志磨に頭を下げた。

初詣には深夜に十李とふたりで出かけた。

神社の鳥居を一緒にくぐったとき、なぜだか胸が震えた。

『なにを願えばいいいんだ？』

願いを叶えてくれない神様に祈ることをやめてから何年もたっていた。

『志磨が本当に願いたいことでいいんですよ』

賽銭《さいせん》を投げるギリギリまで考えて。

——家内安全。無病息災。心願成就。

そんなありきたりなことを、十李のために心から願った。

『十李はなにを願ったんだよ？』

神社で振る舞われる甘酒で胃を温めながら尋ねると、十李が微笑んで耳元で囁いた。

『志磨と、ずっと一緒にいられますように』

甘酒よりもずっと温かくて甘ったるくて、照れくさくて、嬉しかった。

「く…ぅ…、ん」

覆い被さる十李に貫かれたまま、志磨は横倒しの身体を突っ張らせた。まるで肌の内側に静電気が走っているみたいだ。

「またイきますか？」

耳元で尋ねられて、志磨は意地を張って首を横に振る。

バーを出てから十李と暮らすこの部屋に戻り、戯れながら一緒に風呂にはいって、裸のままベッドに直行した。

白衣式というひとつの区切りを迎えられて、気持ちが高揚しているせいもあるのだろうか。十李のものを挿入されただけで、押し出されるように性器から白濁を零してしまった。十李はそれにひどく興奮したらしく、いつも以上にねっとりとした腰遣いで、こうして志磨を苛んでいる。

「あ…っ、く…」

内壁をぐうっと擦り上げられて奥まで満たされる。とたんに体内の静電気が太い電流と化して、志磨は首を横に振りながら十李の腹部を慌ただしく押した。

「――抜け」

「いいんですか？」

「いいか、ら……ぁ、あ、ん」

ずるずると抜かれる感触に、ペニスがビクビクする。根元をきつく押さえてなんとか射精をこらえた。

「今日の志磨は、一段と感じやすくてそそられます」

品のある華やかな顔でいやらしく舌なめずりをするのは反則だと志磨は思う。ついさっきまで十李で満たされていた場所が、収斂《しゅうれん》して疼いている。

――でも、こんな十李を知ってるのは、きっと俺だけなんだ。

そう思うとたまらない満足感と、もっと自分だけしか知らない十李を見たいという欲望がこみ上げてきた。

志磨は身体を起こすと、十李の身体を仰向けに押し倒した。

その腰を跨いで膝立ちする。

「なぁ、十李は十三歳のころから俺が好きだったんだよな?」

見下ろしながら尋ねると、十李が目を潤ませて頷く。

「はい。ひと目惚れで、初恋でした」

「そうか」

胸を震わせて、志磨は十李の反り返っているペニスへと手をやった。被せられている薄いゴムを外して、じかに握ると、掌が焼けるように熱くなる。

その亀頭を自分の脚のあいだに擦りつけながら尋ねる。

「初恋の相手にこんなふうにされるの、どういう気持ちだ?」

十李の表情が攻めこむものから、年下らしい純朴なものへと変化していく。

握っているものがさらに膨らんで、くねる。

「頭が、おかしくなりそうです」

苦しそうに吐息を漏らしながら十李が呟く。

もういまや、志磨の体内を走りまわる電流は、痛みに限りなく近いものになっていた。

それをやわらげる方法は知っている。

ヒクつく襞が亀頭の先を捏ねる。

「う…ぅ」

十李が我慢できなくなったように、呻きながら腰を突き上げた。

ぶ厚い先端が粘膜にもぐりこむ。

「ぁあっ…は…」

「志磨…っ、締め、すぎです」

「ん――」

自然と狭まってしまう場所へと、体重をかけながらなんとか十李を含んでいく。手をついている十李の腹部が小刻みに震えている。

繋がりを深めていきながら、互いの顔を食い入るように見ていた。

十李はおそらくいま、高校生のころの志磨の姿を重ね見ているのだろう。

そして志磨もまた、あの女の子と見間違ったほど可愛い天使のような少年の姿を、十李のうえに重ねていた。

——あの時から、俺たちは繋がってたんだ……。

自分はことあるごとに中学生の十李のことを思い、自分を責め、二度と人を見殺しにするようことはすまいと誓った。

中学生の十李は初恋の人に見殺しにされて深く傷つき、ずっとそれを引きずって、志磨のところに辿り着いた。

感情が泡立つような感覚に衝き動かされるまま、志磨は両膝を立てるかたちで座りなおした。

身体を上下に弾ませる。

「すごい、です」

十李が顔を紅潮させて、朦朧となりながらも志磨の痴態に目を凝らす。

根元から振りまわされている志磨のペニスが、透明な蜜を散らしだす。まだこの昂ぶりを手放したくなくて、志磨は腰遣いを緩めた。

十李の両脇に手をついて肩で息をしていると、胸を撫でられた。

両の乳首を摘まれる。

「ん、く」

粒を指先で揉みながら、掠れぎみの低い声で十李が囁く。

「奥のほうがうねってますよ」

「……お前の、だって、ずっとくねりまくってるぞ」

指摘し返すと、十李が真面目に訴えてきた。

「俺の人生でたったひとりの、好きでたまらない人から欲しがられてるんです。当たり前じゃないですか。……これでも、必死に我慢してるんですよ」

運命、ひと目惚れ、初恋、人生でたったひとりの好きでたまらない人。

そんな言葉をすんなり受け入れて素直に喜ぶ自分がいることに、志磨は少し呆れる。

でもそれは嫌な呆れではない。

その証拠に、いつの間にかまたみずから腰を振ってしまっている。

十李のほうも同じじらしく、もどかしそうに下から懸命に突き上げる動きを繰り返す。

「ん…ぁ、あ…ぅ」

壁が薄いとわかっていても、声を殺しきれない。手で口を塞ごうとすると、その手を摑まれて、十李の唇に声を吸い取られる。

ふいに十李がすべての動きを止めて身体をグッと突っ張らせた。

重なっている唇がわななく。

身体の内側深くを熱くて重たい粘液でいっぱいにされるのを感じながら、志磨もまたぺ

ニスを震わせる。放ち終わったかと思うとまた新たな波が来て、互いに幾度も身じろぎを繰り返す。

上体を完全に前に倒して十李に被さると、髪を撫でられた。

その指が右耳に触れてくる。ピアスをつけていない孔をくじられた。

「これ、勝手にあけて、すみませんでした」

いまさらの謝罪に、志磨は喉で笑い、十李の胸に頬杖をつく。

「よくも疵物にしてくれたな。責任取れよ」

ふざけると、十李が真顔で「生涯かけて責任を取ります」と宣言する。

「お前が言うと、マジに聞こえる」

照れてしまいながら文句をつけると、頰にキスをされた。

「真面目にプロポーズしてます」

「……」

もうからかえなくて、志磨は十李の首筋に顔を埋めた。

また優しい手に髪を撫でられる。

恋人への仕種のようにも、家族への仕種のようにも感じられる。

「俺はまだガキの部分が多くて、志磨をぜんぶ俺のものにしたくて暴走することがあると思います。でも、絶対に幸せにしますから、家族になってください」

涙ぐんでいるのを隠したくて顔を伏せたのに、涙が十李の首筋に流れてしまった。

俺もお前を幸せにしてやる。

そう言いたかったのだけれども喉が詰まって声が出ないから、志磨は十李の髪を、ぎこちない手つきで撫で返した。

あとがき

こんにちは。沙野風結子《さのふゆこ》です。

最近、インフレ状態だったのでいろいろリセットしたくて、今回はプレーンな甘い溺愛モノにチャレンジしてみました。学生同士ものすごく久しぶりな気がします。

あれこれありつつも志磨《しま》も十李《とおり》もピュアホワイトでいちゃいちゃしてて、微笑ましい気持ちで書いてました。

いつもは裏テーマを設定しているのですが、今回はありません。無自覚変態攻めばかり書いているので、「俺ってば変態かも…」と動揺する十李はとても新鮮でした。

二階堂《にかいどう》はこの先もちょこちょこちょっかいを出してきそうですね。志磨パパは、あの正しさに据わりつづけるんでしょう。人格に欠けがあるのと能力の高さが表裏一体というのは、ままあるものです。

十李一家は志磨が家族になることを普通に受け入れてくれることでしょう。妹ちゃんはもう、ふたりの関係に気づいてますね。

志磨視点メインですが、十李の好きで好きでたまらない気持ちの圧し勝ち初恋物語でした。


イラストをつけてくださった小山田《おやまだ》あみ先生、キラキラ幸せそうなふたりの瞬間をそのまま写し取ったような表紙をありがとうございます！　爽やかで眩しいです。このまま本当にふたりが実在してそうな錯覚に陥ってます。

担当様、しっくりくるタイトルをつけてくださって、ありがとうございます。

また出版社様、デザイナー様および関係者の皆様、お世話になりました。


そして、本作を手に取ってくださったあなたに、大きな感謝を。

黒要素（と変なプレイ）が少ない話なので、私としてはちょっと真顔で真面目なことをしてしまったようなモジモジ感はあるのですが、なにかこうプレーンなときめきのようなものをキャッチしてもらえたりしたら、とても嬉しいです。

本作品は書き下ろしです

沙野風結子先生、小山田あみ先生へのお便り、
本作品に関するご意見、ご感想などは
〒101-8405
東京都千代田区神田三崎町2-18-11
二見書房　シャレード文庫
「君がいなきゃ涙さえ出ない」係まで。

CHARADE BUNKO
君《きみ》がいなきゃ涙《なみだ》さえ出《で》ない
2021年11月20日　初版発行

【著者】沙野風結子《さのふゆこ》

【発行所】株式会社二見書房
東京都千代田区神田三崎町2-18-11
電話　03(3515)2311［営業］
　　　03(3515)2314［編集］
振替　00170-4-2639
【印刷】株式会社 堀内印刷所
【製本】株式会社 村上製本所

落丁・乱丁本はお取り替えいたします。
定価は、カバーに表示してあります。

ISBN978-4-576-21168-8

https://charade.futami.co.jp/

CHARADE BUNKO

今すぐ読みたいラブがある!

沙野風結子の本

俺はお前が欲しいだけの、ただのずるい男だ

少年しのび花嫁御寮

イラスト＝奈良千春

大正浪漫あふれる東京市。甦りの秘術を持つ伊賀忍者の晶は、ある日攫われて甲賀忍者の棟梁・虎目の花嫁にされてしまう。狙いは晶の秘術で、心身から交わることで術は虎目に転写されるらしい。はじめは反発しかなかったが虎目の不器用な優しさに孤独がほぐれていく晶。だが、甦らせたいのは彼の想い人だと知り!?